狂人笔记

苏见祈 著

人民交通出版社股份有限公司
北　京

图书在版编目(CIP)数据

狂人笔记 / 苏见祈著. —北京：人民交通出版社股份有限公司，2021.12
 ISBN 978-7-114-17304-2

Ⅰ.①狂… Ⅱ.①苏… Ⅲ.①杂文集—中国—当代 Ⅳ.①I267.1

中国版本图书馆CIP数据核字(2021)第092816号

书　　名：Kuangren Biji 狂人笔记
著 作 者：苏见祈
监　　制：邵　江
策　　划：李梦霁
责任编辑：李梦霁
特约编辑：陈力维　苗　苗
营　　销：吴　迪
责任校对：席少楠
责任印制：张　凯
出　　版：人民交通出版社股份有限公司
地　　址：（100011）北京市朝阳区安定门外外馆斜街3号
网　　址：http://www.ccpcl.com.cn
销售电话：（010）59636983
总 经 销：北京有容书邦文化传媒有限公司
经　　销：各地新华书店
印　　刷：中国电影出版社印刷厂
开　　本：880×1230　1/32
印　　张：9.5
字　　数：160千
版　　次：2021年12月　第1版
印　　次：2021年12月　第1次印刷
书　　号：ISBN 978-7-114-17304-2
定　　价：59.80元

（有印刷、装订质量问题的图书由本公司负责调换）

序

我们常常发现，生活中有一股隐隐约约的力量，想要把棱角各异的年轻人，磨平成一个模子出来的标准款。

总有一股隐隐约约的力量，想要把所有走上不同道路的人，拉回大多数人的方向。

有时候，它是旧道德。

有时候，它是约定俗成的习惯。

有时候，它是披着风俗的外衣。

有时候，它是多数人默认正确的观念。

你想读书，父母对你说，乖，要把机会让给弟弟。你看，张叔李叔家的小孩也是一样的，大家都这样。

你不想结婚，父母对你说，什么年纪就该做什么事。你看爸爸单位那么多的同事的小孩，就只有你嫁不出去了。

你不想回老家，想去别的城市闯，父母说你怎么这么没良心呢，养你这么大翅膀硬了是吧。

你不想生孩子，父母说人怎么可能没有孩子呢，你看隔壁那××孩子都多大了，多幸福啊。

如果这些既有的人生模式都和自己想要的相反，那么这个旋涡中的年轻人，会不会开始质疑是自己错了？

还有。

你和父母产生了争执，长辈们会说："天下无不是的父母。"

你小时候很喜欢一个人，却被冷嘲热讽："小孩子懂什么爱情。"

你不喜欢喝酒应酬，领导们语重心长：年轻人要学着适应社会。

你在网络上遇到了很好的朋友，而现实里的亲朋会说：那是假的。

你觉得人生这么辛苦，很累，想说一句对未来失望了。立刻就有一大堆人上来打鸡血，说人要正能量，人要对未来充满希望，你的同龄人正在抛弃你，大多数人的努力还不配和人拼天赋……

他们说，这就是所谓的成熟。只要你向大多数人屈服，只要你把自己打磨得和别人一样，你就长大了，懂事了，适应社会了。

他们默认人的一生只能有一种轨迹。按部就班地走完一模一样的路，就是人生的唯一可能。

一个年轻人可能要花很久的时间，付出很多的努力，才能逃离那个不属于自己的世界。

比如考上一个外地的学校，比如到大城市找一份工作，比如认识一些新的朋友。那时他才恍然大悟，原来自己并不孤单，原来选择无关对错，原来人是允许选择另一种可能的。

可是，并不是所有人都有这样的幸运。

也有很多我们的同龄人，在和整个世界的孤独对抗中不得不屈服。他们忘记了原本自己的模样，忘记了所有的梦想，把自己打磨成大多数人的模样，过大多数人的日子，收获长辈的点头赞许。

或者，他们没有忘记自己原本的模样，却无力再与身边所有的人抗衡。他们选择接受命运，沉默地扮演自己不喜欢的样子，只有在夜深人静的时候，才会压抑着痛哭出声。

我不止一次听过这样的痛哭。

年少的时候我想要拯救天下，后来我只想拯救少数的几个人，可是，现在我什么也没能做到。

我没有办法改变某一个人的处境，也没有办法改变某一个陌生人的观念。明明有那么多苦难是不应该发生的，可是我没有办法阻止它。

已经过去了很多年，那些人早已离散，那些事早已尘封。

可是当我提笔的时候，桩桩件件的往事从回忆的最深处一一涌现。它们在我的脑海盘旋，在我的耳边呼喊。它们变成了一篇又一篇的文字，诉说着很多年前的愤怒和怅惘。

这个世界不该这样。

这个世界不该有那么多莫名其妙的规矩，更不该放任这些规矩制造一场又一场的悲剧。

我们追求的是最大多数人的最大幸福。如果某些价值观造成的是某个群体的痛苦，那么我们当然应该站在它的对立面。这是我个人判定是非对错的标准。它来自一个很天真的心愿：我希望我见到的眼泪都没有存在过，我爱的人们可以幸福快乐地过一生。

可惜，我想没有人可以实现这样的愿望吧。

我还能做的，只能是说点什么，给大家提供一些个人的思考。我想，如果有和曾经的我们一样的年轻人读到这些文字，或许能在困境中收获一份来自远方的、陌生人的理解和支持。

从这个意义上讲，这本书也可以被当作一封长长的信。而翻开它的你，就像打开了一个从海滩上捡来的漂流瓶。

其实生活中的矛盾，尤其是发生在强势身份和弱势身份之间的冲突，孰是孰非原本是显而易见的。但强势身份的一方总是不愿意就事论事，他们会树立"过来人"的权威，翻出很多陈旧的规训为自己辩护。

这些规训可能会是很多不同的模样。有时候它是"父母之命、媒妁之言"，有时候它是"我都是为你好"，有时候它是

"社会就是这样的",有时候它是"大家都是这么过来的"。

其实这些话都是一个意思:你没权利自己选,你要照着别人的样子生活。

是的,或许随波逐流,和多数人一样过日子,可以在艰难的生活中减少一些阻力,这也是长辈们自信这是"为你好"的原因。

但他们忽略了重要的一点:人无论做什么选择,无论是追名逐利还是安贫乐道,无论结婚生子还是独身丁克,归根结底都是为了获得某种适合个人的情绪体验。如果在旁人看来更轻松、更合适的人生模式给当事人带来是悲伤、痛苦、麻木的情绪,那么这种旁人眼中的"轻松""合适"是没有任何价值的。

毕竟最终承担选择的后果的,只是当事人自己而不是他人。谁承担后果,谁才有决策权,这是一个很简单的道理,不是吗?

而我们该怎么办呢?

我的答案分两步。首先是对"过来人"权威的祛魅。特定的人在特定的时代的经验,未必适用于另一个时代的另一个人

（参见《终章：小马过河》）。其次，我们要不断通过阅读、通过生活的积累，逐渐建构属于自己的价值判断的标准。

这个价值体系可以随着阅历的提升不断修正，但不该屈服于他人的质疑、否定和打压（参见《揠苗助长：自尊摧毁陷阱》）。

另外，当我们自己也成为大人的时候，不要倚老卖老，变成从前的自己讨厌的模样。三十岁之后，我也在不断地提醒自己这一点。

这是一本由短文集合而成的书。有一些是明面上的观点论述。有一些就只是单纯的故事而已，我把想说的话藏在故事的背后。或许看起来有些散乱，但它们都有一个共同的目的——无论是哪一种文字的形式，都是想要拆解某个不应该存在的规矩。

往事已矣，但那些规矩还在。枷锁之下，依然不断有新的眼泪和绝望。

我没有办法改变过去，可我想试着改变未来。

这些文字是迟到的复仇，也是重新发起的冲锋。

就算身为大人，叛逆之心永远不死。

苏见祈
2021.3

目　录

寓言

002 | 何不食肉糜：观念才是起跑线
012 | 盲人摸象：对"沟通"的错误期待
020 | 愚公移山：父权的理所当然
028 | 狼和小羊：劝酒的动机
035 | 揠苗助长：自尊摧毁陷阱
043 | 曾子杀猪：棉花糖实验

050 | 鹬蚌相争：同室操戈，相煎何急

060 | 屠龙之术：无效工作经验

069 | 终章：小马过河

虎牙

080 | 星火

085 | 努力是一种天赋

091 | 两个脑袋的人

098 | 世界没有那么公平

105 | 嫁给一个人，不要嫁给一个家庭

111 | 血汗写字楼

117 | 总裁和渔夫

124 | "中国式父母"的傲慢

132 | 死于大海的流浪

139 | 执念

147 | 代价

155 | 还是爱自己比较划算

162 | 情感需求的价值排序

169 | 空心

蔷薇

180 | 人生是一个下坠的过程

187 | 养儿方知儿女恩

194 | 我所理解的及时行乐

201 | 猫为什么咬人

207 | 炸鸡，奶茶和熬夜

214 | 棋如人生

220 | 键盘之死

223 | 生活之外的生活

230 | 假作真时

237 | 校园白日梦

246 | 我们说好的

251 | 每一秒都无法挽回

257 | 恰好

261 | 不会后悔的人

270 | 落井下绳

279 | 后记：相逢不朽

寓言

我不止想要找回自己的青春、热情和对这个世界的希望，我还要所有的朋友们都回到炽热的从前。我要大家不再为了生活忘记所爱磨去棱角，我要大家的酒杯碰在一起，还能谈论穿越世界的旅行。

何不食肉糜：观念才是起跑线

很多人都说，知识改变命运，诚然不假。

但世界上有很多种命运，都可以糟糕到让人接触不到知识。

1

我小的时候，父母总是在耳边说"你现在不好好读书，以后就只能去扫大街"之类的话。那言下之意就是，环卫工人这么辛苦，都怪他们小时候不好好读书。

而如今弱势群体生活艰难，也总有一些自认为是精英的人说，谁让他们年轻时不努力，现在的处境是老大徒伤悲，是自己懒惰造成的。

一个人今天过得不如意，真的只是过去不努力造成的吗？真的就活该吗？

2

十年前在工厂打暑假工，我也遇见过好几个中途辍学的工友。

那时候我处在对应试教育切齿痛恨的状态里，高三强迫自己读书的时候，总忍不住幻想等高考结束，我一定要烧掉那些该死的书。只不过高考后天天打游戏放飞自我，就没顾得上这事儿。

一个多月过去，我游戏也打够了，就琢磨着出门打个暑假工，见识一下社会。

在打工的厂子里，我遇到了一个12岁的小男孩。

见到他的第一面，男孩把铁链在自己还很瘦弱的腰上缠了几圈，用滑轮使劲拖一个很沉的箱子。铁链绷得很紧，勒得他满脸通红。

12岁的我们，在教室里朗声早读，在操场上奔跑，在课堂上传纸条，往某个人的抽屉里放情书……于是我以为，这样的生活是所有孩子的标准模式。

直到我第一次走出校园。

那个男孩不好接近，我们很少说话。

只有一次我们一起搬完一块模具，我问他怎么没去上学。他用一种不属于孩子的、带着嘲讽的眼神看着我摇了摇头，就转身走开了，似乎觉得就算说了，我这种幸福的小孩也理解不了。哪怕我比他要高出一个头。

我还遇到了一个比我大几岁的工友，在我离开工厂的前几天，小心翼翼地问我既然考上大学了，以前的物理课本能不能借给他看看。

他说他非常喜欢物理，但是初中毕业家里就不让他读书了，逼他跟着亲戚来工厂里打工挣钱。

他怎么求都没用，家里长辈们都觉得读书浪费钱，又说大家都是这么过来的。

后来我把我的物理课本都送给了他。其实那些课本被我写写画画了很多笔记或者涂鸦，看上去又破又旧，翻开乱七八糟的。

可平时干活大大咧咧的男人特别小心地接过,小心翼翼地翻,不停地跟我说谢谢,眼圈都红了。

那眼神里藏了很多东西,有感激,或许还有羡慕。

那一刻我挺难过的。这些课本,我曾经还想烧掉它们。

兴趣比毅力的力量要大得多,凡是真正热爱某个学科的人,一定会是这门课的尖子。学霸们最让普通人不能理解的一点,就是他们真的热爱学习。

此刻,我眼前就站着一个这样的人。

我忍不住想象,如果小哥和我在一个教室里读书,那些让我目瞪口呆的知识和题目他会如何游刃有余,他又可以拥有什么样的未来。

可是我们相遇的地方不是教室,是闷热又吵闹的、一天工作12小时的工厂。

3

大多数工友辍学,都是因为父母替他们做了决定。毕竟子女没有经济来源，就算想选择读书，也没有践行它的能力。

在父母们"丰富"的阅历和经验里，在他们走过的路和吃过的盐里，读书是没有用的事情。

和世界上大多数的父母一样，他们从未想过自己的经验、自己的观念可能都是错的，也没有想过这错误会毁掉孩子的一生。

常常见到一句话：不要让孩子输在起跑线上。

可事实上，父母就是孩子的起跑线。

当我们说到"起跑线"这个词的时候，很容易只联想到原生家庭的经济条件。比如小时候有没有条件给孩子补课，比如长大后有没有条件给孩子买房。这些诚然能够对孩子的前程起到很大的助推作用，但这些都不是根本。

就像前文的小哥，问题并不出在经济条件上——家里并非没有供他读书的钱，而是父母的观念认为读书没有价值。

很多孩子就这么接受了父母的观念，也就继承了父母的人生。而对这位小哥来说，哪怕他不赞同父母的观念，也没有办法主导自己的未来。

对于一个孩子来说，父母的观念很可能决定他今后走的是大道，还是独木桥。

而孩子自己，什么也做不了。

有很多贩卖焦虑的人喜欢说，我也就是普通家庭，父母也没给过我多少支持，我今天的一切都是靠自己的努力换来的。

或许这些都是真的。

但我想问的是，为什么他们会选择了"努力"，而不是选择了"放弃"呢？

他们又是怎么选择努力读书、学习知识，而不是选择努力搬砖的呢？

对于一张白纸的孩子来说，是谁创造了一个什么样的情境，让他的脑海里第一次闪过"我要努力"这个念头的呢？

积极面对人生的心态、靠自己努力的信念、找对努力的方向——一个能够引导孩子产生这些观念的成长环境，才是真正的起跑线，是"自己奋斗"可以发生的前提。

那些人说的部分正确，内因占主导地位。

只不过这个内因,是由孩子成长过程中的外因决定的,由不得我们自己。

4

观念的获取无非两种途径:言传和身教。

言传可能是直接的灌输,比如简单粗暴的"你要好好学习",也可能是间接的教育方式,二者是可以共同发挥作用的。

比如小时候家长和老师常常问我们一个问题:长大后你想做什么?你的理想是什么?

这就引导着对成人世界并不了解的孩子去观察周围的大人,了解各式各样的职业,最终得出一个自己喜欢的方向。

孩子的理解当然是有限的,做出的选择很可能未来并不会实现。他们的梦想可能是科学家,因为科学家名头响亮;可能是老师,因为觉得老师无所不能;也可能想开一家蛋糕店或者鸡排店,只是因为想吃很多的蛋糕和炸鸡。

但这时候家长可以说:

科学家都特别聪明,要考到班级前十才能当上的。

老师要教小朋友首先自己要特别厉害呀,现在开始就要努力读书。

你想开蛋糕店啊?特别好,可是你知不知道开蛋糕店每天要算很多账呀?为了长大有很多蛋糕吃,是不是现在就要好好学数学呢?

我只是举了一些简单的例子,事实上教育孩子需要努力的情境可以千变万化,只要有心,总有合适的场景和方式。

而当初一张白纸的我们,就是从一个又一个类似的场景里,获得了"我要努力"的信念和意识。

但是,是不是每个家庭的孩子,都会得到用心的引导呢?

是不是每个家庭的孩子,都有机会获得"我要努力"这个念头呢?

以我对大多数中国家庭的了解,答案显然是否定的。

身教的意义就更容易说明了。孩子是一张白纸,成长只能模仿身边亲近的人。

从小看着每天打麻将、好吃懒做的父母,和从小看着每天努力工作、努力读书、在饭桌上交流工作见闻的父母，孩子的模仿会走向哪种方向，不言而喻。

"何不食肉糜"的含义大家都知道，不要随意评判他人的处境。

但当我们提到客观条件的影响时，大部分时候的注意力都集中在原有的经济基础和社会地位上，比如父母有没有能力帮孩子买房，父母有没有能力帮孩子找工作，而忽略了最核心的也是最早发生作用的内因：

不是每个孩子都拥有能够引导他产生积极心态的成长环境。

5

很多文章都在论述这件事：努力和机遇，哪一个是成功的必要条件。

大家都在说，机会只会留给有准备的人，由此又推出了绝对的归因：过得不好先从自己身上找原因。

这诚然不错，可是他们都忽略了一点：努力，也不是每个人都能选择的。

性格、观念、毅力这些内因，是由人无法选择的外因铸就的。

就像很多人都说知识改变命运，这话不假。

但世界上有很多种命运都可以糟糕到让人接触不到知识。

那年暑假，我遇到的无数个工友，就是这样的命运。

《了不起的盖茨比》里有这么一句台词："每逢你想要批评别人的时候，你要记住，这个世界上所有的人，并不是个个都有过你拥有的那些优越条件。"

不要只把命运的坎坷归咎在人的身上。很多人没得选，就像吃米饭还是吃肉粥，那些饥民没得选。

愿意努力，并且能够努力，正是所有的"优越条件"里最重要的一条。

盲人摸象：对"沟通"的错误期待

你抱着大象的腿对旁人说，你相信我，大象就像一根巨大的圆柱。

任你言辞恳切，任你涕泪交流，手里握着大象尾巴的人会相信吗？

1

有四个盲人，想知道大象是什么样子，但是又看不见，只好用手摸。

摸到象牙的盲人说大象像一根大萝卜，摸到象耳的盲人说大象像一柄大蒲扇，摸到象腿的盲人说大象像一根大柱子，而摸到象尾的盲人说大象像一根草绳。

四个盲人争吵不休，都说自己摸到的才是大象真正的样子。

其实四位盲人都表达了自己的观点,并且他们的观点都并非主观臆测,而是真切地来自亲身经历的事实——光这一点,已经胜过了今天很多说话的人。

也正是由于这一点,这场争论不会有任何结果。

这和表达技巧、表达方式、表达情绪都没有关系,而是因为人们不可能相信和自己阅历相反的结论,一旦发生言语上的分歧,只会从始至终坚定地认为是对方错了。

允许适度的退让是沟通和理解的前提,可是在实实在在的人生经验和对方轻飘飘的语言之间,很少有人会选择退让。

就像我手里正摸着一个圆柱形的象腿,而此时你非要说服我大象像一个蒲扇,我是不可能做到所谓的换位思考的。

同样,对方也做不到。所以直到这个故事的结局,盲人们依然争吵不休。

书本告诉我们,这个故事的寓意是不能只看到事物的一部分,要看到全局才能了解真实的事物,不能以偏概全。

的确，作为双眼明亮的正常人，在我们眼里，大象是存在"全局"的，问题是有标准答案的。

但是，当谈论到生活方式、人生选择这类话题的时候，人与人之间的沟通就常常遇到不可逾越的阻碍——因为"生活"的版本千变万化，是不存在一个放之四海而皆准的"全局"的。

体制内不能理解体制外，觉得那样没有安全感。体制外不能理解体制内，觉得那里"僵尸"遍地。

生孩子的不能理解丁克一族，觉得他们没有爱心和责任。丁克一族不能理解生孩子的，觉得他们丢掉了自我和空间。

三线城市的人替一线城市的人不值，觉得他们没有生活。一线城市的人替三线城市的人遗憾，觉得他们没有梦想。

……

上述每一场讨论发生的时候，每个人手里都实实在在地握着不同形状的大象；同时，他们也看不见别人手里大象的样子。

不同圈子、不同类型的人群,几乎不可能相信和自己阅历抵触的结论。所以我们生活中的争吵,也和四位盲人摸象一样,常常不会有任何结果。

2

今年端午节回家吃饭。

当我重申三五年内不考虑要孩子的时候,父母再一次瞪着眼睛看着我,就像看一个匪夷所思的怪物。

"为什么?"

"因为我不是很喜欢小孩。"其实理由我写过两千字,只是懒得说。

"怎么可能?"他们几乎同时摇头,"小孩多可爱啊!"

然后谈话就僵住了。

在长辈们的观念里,"人都喜欢小孩"是一条基础的宇宙真理,是不言自明的。

大象明明就像一个圆柱体,这还用说吗?

所以当有人说大象就像一根草绳的时候,他们竟一时组织不出反驳的语言。

从长辈们的描述和神情中,我大概能想象出人们看到人类幼崽时本能的温暖感,可能大概和我看到一只小猫的心情一样。说到这里,我也不止一次听到有长辈劝我扔掉我的猫,对孩子不好。

好,这时候双方观念相反的有两件事了。

对长辈们来说,孩子是人生意义,猫则可有可无。

我呢,觉得只有本人是人生意义,而猫是我的家人。它还跟我姓呢。

我们要怎么说服对方?

我们做不到。因为我们感受到的世界是相反的。

我的好是他的坏,我的痛苦是他的快乐,我的蜜糖是他的砒霜。

我亲手摸到的大象是草绳,他亲手摸到的大象是圆柱。

沟通,只会让双方都迷惑一件事:

你为什么非要上下颠倒,左右不分?

3

在多样的生活面前,每个人和故事里的盲人都是一样的——我们都看不到世界的"全局"。

无论一个人如何阅历广博、见识深刻,他也只能看见属于自己的行业、自己的圈子、自己的时代的阅历。并且大多数人都认为,自己的见闻、自己的道理,就是"人生"这只大象的全貌。

双方都没有意识到这一点,于是鸡同鸭讲,争执不休。末了还都很委屈:"我都是为你好啊,怎么不领情呢。"

这和说服技巧没有关系。

比如豆腐脑咸党和甜党的分歧。哪怕你当过一百次最佳辩手,动之以情,晓之以理,都不可能说服一个豆腐脑咸党相信"甜豆腐脑更好吃"。

因为双方对于"好吃"的概念是相反的。

而且,你的豆腐脑"客观上"一定比他的好吃吗?

这类问题从来没有标准答案,就像考不考编制,回家还是出去闯,结婚还是单身,要不要生孩子,奋斗还是咸鱼,要梦想还是生活……所有人生选择,都没有标准答案。

你不能说自己是对的,对方是错的。

因为生活的环境截然不同,价值观和某个选择的结果也都不会一样。

4

原本相互理解的人,各自走进不同的世界,是很常见的事情。

比如父母都是体制内的,孩子搞了互联网。

比如从小一起长大的闺蜜,一个独身主义,一个结婚生子。

比如一对大学生情侣,女生想出国读研,男生要回家上班。

这时候就会出现很多煽情的语句,比如父母只能看着孩子远去的背影啦,发小说我们从小无话不谈如今相见陌路啦,或者我们曾相爱想到就心酸啦。

是很让人难过,但人要学着习惯这种事情。

很多人没法习惯。

他们使劲地说服、争吵、哭闹或者威胁,并且自以为这是一种"沟通"。

有人说你翅膀硬了就别回这个家；有人说你变了，你说过的话都是骗人的。他们非要证明世界就该是静止的，所有人，尤其是曾经的伙伴，都必须永远生活在原地——属于自己的原地。

比如父母说在外面给人打工多不稳定，还是回老家考个编制是正经。

比如闺蜜说你年纪也不小了，再不结婚就嫁不出去了。

比如男孩劝女孩，国外压力那么大，人干吗活得那么累呢？

有用吗？

那些人会回来吗？

你说大象是一个巨大的圆柱，威逼利诱也好，涕泪交流也罢，手里握着大象尾巴的人会相信吗？

所以说啊，不要说服，不要争吵，不要满口的为你好，也不要哀叹你变了。

都没用。

人们互相对着对方大喊，会发现隔着群山万壑，听不见声音。

愚公移山：父权的理所当然

希望父母们明白,你们的孩子是个独立的人,有血肉、有情绪、有自己人生价值的人。

而不是个木头做的替身傀儡,用丝线驱动着,去完成你们自己的心愿。

1

从第一次看到《愚公移山》开始,这个故事就让我非常不舒服。

课本里说,这个寓言故事是赞扬迎难而上、坚持不懈的品格。问题在于,愚公不仅是自己在坚持,他还绑架了所有的子孙,要求他们必须重复同一种人生。

当他让年轻人只能按照他的意志活着的时候,"河曲智叟亡以应"。

所谓智叟，徒有其名。

为什么会无言以对呢？人的一生按照长辈的喜好安排，竟是理所当然的吗？

不仅智叟没有回应，故事里的儿孙也没有任何存在感，仿佛只是几个听从愚公意志的傀儡，而不是活生生的有想法的人。

当《愚公移山》的故事成为家喻户晓的寓言，以这个故事流传之广，无数老师、家长和小朋友竟然都默认了故事的合理性，而没有人察觉已然如此明显的问题。

在我们的文化里，默认父权的不可置疑，还真是深深扎根在每个人的潜意识里。

2

几年前校招的时候，遇见过一个建筑学专业的应届研究生。

在整个交流过程中，他一直很犹豫，迟疑着皱眉的表情一直挂在他的脸上，说是回去考虑考虑。

毕竟是一流院校的研究生,所以几天后他拒绝我的时候,我并不是很意外。

但让我意外的是他接下来的话:"不去贵公司的原因,是我决定考哲学博士,已经联系上导师了。"

当时我瞪大了眼睛,虽然也见过跨专业考博的,可这跨度也太大了吧。

所有反常的事情,都有背后的原因。

当年这位同学高考结束后打算填报哲学系,结果遭到父母的激烈反对。他的父亲是一名优秀的工程师,对建筑行业非常认可,于是强迫他填报了建筑专业。

"哲学?你告诉我出来能干吗?"

在父亲疾言厉色的威逼之下,他强忍着怨恨听从了父亲的安排。接下来的四年,每一个苦读的夜晚,他心里都强忍着不甘和愤怒。

不对,是七年。因为建筑专业研究生的就业前景更好,他又在父母的威逼下接受了研究生的保送。

在名校里得到保送的名额,这位同学的优秀和努力是毋庸置疑的。

可是这个专业他不喜欢。或者用他当时的话说,是"非常讨厌"。

我知道现实点看,建筑学专业的就业面和薪水的确比哲学更好。可是就跟爱情一样,不喜欢就是不喜欢,相处了七年还是不喜欢,没办法。

如今他名校研究生毕业,各家企业抢着要,他的父母也非常满意。

而当他意识到自己走出校园后的余生,依然必须继续从事建筑行业的时候,多年的怨恨和不甘终于爆发。他终于决定,将过往七年起早贪黑、悬梁刺股的努力全部丢弃,重新开始。

心痛吗?是人都会心痛吧。

可这才是他原本该走的路。这不是另一条路,只是误入歧途后的返航。

故事里的这位同学,勇敢地回到了自己的轨道。

而那些一直没有勇气和亲人说"不"的人呢?他们之后的人生会如何?

这些在错误的道路上被迫浪费的青春和汗水，又该由谁来承担责任呢？

希望这个故事能够被干涉孩子专业选择的家长看到。

其实我很好奇，家长是否知道他们的干涉，会让孩子接下来四年的每一节课都陷入痛苦——又或者他们知道，但是并不在意？

这位父亲，或者说这一类的长辈，就是典型的当代"愚公"。

"愚公"们有一个固定的画像：

绝对固执，无法说服，拒绝沟通，拒绝换位思考，把蛮横当毅力，把无理当自信。并且就像《愚公移山》的寓意那样，自以为这一切都是因为自己"有毅力""有自信""立场坚定"，自我感觉极为良好。

其实毅力本身并不是一个不好的性格。相反，一个人认定了一件事然后拼尽全力去完成它，无论方向是否正确，结果是否成功，都会令人敬佩。

但是，一个人的观念和选择，能且只能指导自己的人生。

无论毅力或者任何所谓的优良品质，都不是绑架他人自由的借口，更不是绑架他人后还自鸣得意的理由。

像上文的例子那样，因为自己在某个行业的成功，就无视子女的意志强行让子女投身同一行业的，是其中一种情况。

还有另一种情况，家长对某个行业凭着道听途说的只言片语，便把圆梦的希望寄托在子女身上。

我的父亲属于那种电视里一播军事新闻就打鸡血，满口念叨着××和××必有一战的男人。

他对军旅生涯有着强烈的痴迷，于是在我求职的那段时间，他竭力说服我去边防站服役——边防站正好也非常"稳定"，完美符合他的所有标准。

我知道自己的性格不适合部队，拒绝了很多次，结果是一场又一场的争吵。

这种干涉比之前那种情况更为荒诞——前文那位父亲至少自己是个工程师，了解这个行业的工作内容和前景；而我的父亲没有踏进过军营一次，仅仅凭着一些屏幕上的热血画面和军事论坛的帖子，就笃定这一定是孩子最好的人生选择。

身边这样的"愚公"也不少，父母在逼迫子女选择某个专业，或者进入某个行业的时候，往往对那个专业和行业并没有亲身的了解，只是因为周围人都这么说，就跟着一起说。

又或者他们其实也不在意孩子能不能闯出一番事业，只是要个稳定的好名声，好在牌桌前炫耀炫耀。

举个比较普遍的例子，逼着子女考编制的长辈里，有多少人真的了解体制内工作的诸多枷锁和酸甜苦辣，又有多少人只是听别人说体制内工作轻松而且名声好听的？

事实上，我认识的好几个公务员，几乎每个周末都没有空闲，接到单位电话的最晚记录是凌晨四点。所谓"5+2""白加黑"，已经成了很多公务员的标配。

很多家长自己都没看清的道路，自己都没搞清楚的处境，却逼着子女踏进完全陌生的领域。他们的依据，全部都来自"听说"。

于是无数年轻人被逼上了不适合自己的道路,在最好的年纪死气沉沉。

有句话说,叫醒自己的不是闹钟,是梦想。这句话是否过于浮夸姑且不论。

但反过来说,如果一个人的学业和工作让他在每一个清晨都不想睁开双眼,在每一个夜晚都痛恨刚刚过去的一天,那么他在这个领域一定寸步难行。

一个人是无法为了自己厌恶的事情奋斗的。

如果逼上梁山后,子女的结局注定是一事无成,那么家长的"为你好"又是从何说起呢?

希望那些长辈们明白,你们的孩子是个独立的人,是有血肉、有情绪、有自己人生价值的人。

他们不是个木头做的替身傀儡,用丝线驱动着去完成你们的心愿。

狼和小羊：劝酒的动机

我们可以拿棒子打狼，也可以逃离狼口。

只是不要试图和狼讲道理。狼吃羊是没有道理的。

我工作过的一家公司，有个奇怪的规矩。

每年毕业季一过，公司会把今年新入职的年轻人聚在一起，搞个新员工培训。培训当天晚上会办一场晚宴，所有的公司领导都会到场，名为勉励新人，实为灌酒，美其名曰"破坏性试验"。

所谓"破坏性试验"，即给每一个新员工灌酒，直到他们喝吐为止，以此测试新人的酒量。

每年都有新员工试图和他们讲道理。

一开始，有新员工说，自己不大会喝酒，或者不喜欢喝酒。领导不为所动，反而语重心长道：不会喝就要学着喝，年轻人要学着适应社会。

见直说不奏效，新员工们又开始尝试从其他角度进行沟通。

有人想，既然是公司领导，想必会很在乎公司的业务。

于是他们说，自己手上有项目没完成，晚上回去还要加班，喝多了怕是要耽误工作。

领导豪迈地一挥手："这个不是问题，你们项目组组长是谁，我去跟他说，今天别干活了，任务就是喝酒。"

年轻人想，原来公司花钱雇人不是为了创造效益，是为了让他喝酒。

又有人说，自己酒精过敏，喝酒很伤身体，所以不能喝。没想到不提还罢，话一出口仿佛捅了马蜂窝。一时间好几个满脸通红的中年男人纷纷喷着酒气喊道："酒精过敏就是平时练得不够！出事我们给你叫救护车！"

于是每次这样的晚餐，往往是以年轻人们吐得一地狼藉结束。一边是年轻人惨白的脸色，一边是领导们满面红光，总是能形成无比鲜明的对比。

第二天,昨晚被灌得东倒西歪的年轻人忍着头痛来上班。很多人身体不适,不要说维持工作效率,连正常吃饭的状态都没有。遇到项目紧急的时候,耽误工作自然是难免的。

他们想不明白,为什么所有的沟通尝试,包括站在对方的角度考虑公司利益的沟通,都没有起到任何效果?

因为他们从一开始就搞错了对方的动机。

小时候我们都听过一个寓言故事,叫《狼和小羊》。

狼想要吃羊,就开始找各种理由。先是说羊弄脏了河水,又说它去年在背后骂人。两个理由分别被小羊驳倒后,狼懒得再辩解,直接扑过去把小羊咬死了。

小羊一直执着于争辩,是因为它错估了对方的动机,以为狼是来说理的,狼做事是需要理由的。

可事实上狼是来吃羊的,理由只是明面上的掩饰。

无论论理的胜负如何,都不会影响对方实际的目的。

劝酒的人在明面上有很多说辞。比如这是对年轻人的锻炼，这是公司业务需要，这是适应社会的必经之路……但劝酒人真正的目的是"服从性测试"。

各种说理或争辩都不会起到作用，因为这些领导的目的既不是论对错是非，也不是为了公司创造效益，就是来展示权力的。他们是要给刚踏入社会的年轻人一顿"杀威棒"，告诉他们职场权力的外延不仅限于工作，还包括员工这个"人"。

一旦员工接受了这个潜规则，之后的种种对"人"的压榨，一再突破工作和私生活边界的资本丑态遭到的阻力就会小很多了。

这才是劝酒的真正目的。

职场上的权力，本该只适用于职场内部。

如果你是技术主管，权力的外延是部门的技术问题；如果你是行政总监，权力的外延是干预行政事务。无论如何，任何权力都有预设的边界。

但权力这个东西就像毒品，一旦尝了一口，就会成瘾式地想要更多。可人总不能一直随心所欲地升职加薪，那么那些握住权力的人，就会想方设法扩大现有的权力。

其中最直接的办法，就是把现有的权力扩大到职场之外——不止在工作中对下属发号施令，也要让员工的私生活听从自己的令行禁止。

对于一个人来说，最珍贵的是什么？

是身体健康。

如果职场的权力连最珍贵的身体健康都能剥夺，那就意味着这份权力有能力蚕食员工生活中所有的一切。之后诸如占用个人时间、挤压家庭生活、制造情绪压力等手段就可以完全无所顾忌地使用了。

原本职场内的权力，也就这样顺利占领了员工的私生活。

这正是任何拒绝劝酒的沟通都难以起到作用的原因。

劝酒的目的就是让下属服从。你越表现出抗拒喝酒，就越意味着只要劝酒成功，职场权力就压倒了个人意志；而如果下属用酒精过敏等身体原因拒绝喝酒，同样意味着职场权力可以高于个人健康，反而会更加刺激扩大权力的欲望。

所有试图用沟通来拒绝劝酒的尝试，都建立在对方会因为员工的个人意志或者身体健康而投鼠忌器的前提下。而事实上，对方不仅不投鼠忌器，反而要打破那个陶罐子，打老鼠只是顺便罢了。

想要和劝酒的领导讲道理，就像小羊想要和狼讲道理一样，归根结底都是对权力抱有错误的认知。

故事里的小羊之所以显得愚蠢，是因为它一直把"对方的目的就是伤害自己"这个可能性排除在外，尝试用双方平等、理性思考的常规社交方式去沟通。

寓言故事是现实的简化版。我们作为看故事的人，当然能一眼看出狼是要吃羊的。

但到了社会上，狼通常都会戴上笑脸面具，披上"为你好"的外衣，甚至送上一些小小的好处。这时如果我们预设的可能性中缺少了"对方的目的就是伤害我"这个动机，我们对人和事的判断就会一直陷入迷惑的旋涡里。并且在对方看来，试图讲道理的我们就和那只小羊一样愚蠢。

有一句大家耳朵都听出茧子来的话，叫作"社会很复杂"。

小时候大人告诉我们，社会上坏人很多。我们答应的同时也觉得不耐烦，觉得自己早就懂了，说那么多遍干吗。

但当我们真正走上社会的时候，我们面对身边的前辈和同事亲切的笑脸，却往往忘记了那个自以为早就懂了的道理。

社会上的很多行为，并不是为了个人利益或者其他合理的动机，也不存在合乎逻辑的解释，就只是单纯的"坏"罢了。

比如劝酒，比如学生家中老人去世老师拒绝批假，比如办事窗口的工作人员几次三番地使绊子，比如疫情期间小区保安对业主颐指气使，比如一切权力可以倚强凌弱的地方——哪怕那只是一点小小的权力而已。

揠苗助长：自尊摧毁陷阱

很多人觉得父母的初心是好的，用意是好的，就算造成了孩子心理上的阴影，也不是他们有意的。

人们都说，不要怪那个揠苗助长的人了，他就是想让禾苗长高嘛。出发点是好的，就原谅他吧。

没有人在意枯萎的禾苗有多绝望。

1

《揠苗助长》，一个家喻户晓的寓言。

这个故事告诉我们，做事不要急于求成，否则会适得其反。

其实在引申出这个结论的同时，这个寓言还浅显地说明了另一个道理：

正面的动机并不能使错误的行为取得豁免权。

你如果去问那个拔禾苗的人,他也会无辜地说,我还不是想让禾苗快快长大吗,我这是为它好啊。

但是,禾苗死亡,就是这个自称一片好心的人的责任。

2

孩提时代,我们这一代人都有个共同的记忆,或者说共同的噩梦——那就是"别人家的孩子"。这个不知道是否真实存在的"孩子"被无数家庭广泛使用,用来打压自家孩子的自尊。

孩子遇到挫折,就说你看那个谁家的孩子就能做到,怎么你就这么没用呢?美其名曰"说话虽难听,但这是为了你好",是为了"激励你进步"。

孩子取得了好成绩,也必须找出一个成绩更好的例子来泼冷水,"免得孩子骄傲"。

在这样的阴影下我们倔强地长大了。我们曾以为变成大人就会好，没想到这个招数如影随形。

只不过从前提起的是别人家小孩的成绩，今天提起的是别人家谁谁早就结婚生子，反正好坏的标准也就由着他们说了算。

至于子女的感受，一如既往并不关心。

如果问他们为什么要用这样的方式来教育下一代，得到的回答都是"这是为了孩子好"。他们试图证明的重点永远是自己正面的动机，似乎一个好的动机就可以豁免造成伤害的责任。

令人疑惑的是，那么多的父母，文化水平、性格特点、成长环境、工作阅历都不一样，按理说必然会催生出各自不同的行为模式，怎么在打击孩子这件事上，偏偏如此整齐划一呢？

因为父母们虽然性格、背景各异，但目的是一致的。

"不听话"是最令中国家长头疼的属性，远远超过诸如学习不好或者贪玩。

家长们坚定地认为，不听话的、独立思考的、不按自己安排的方式生活的孩子必然走入歧途，必然会毁掉自己。

所以出于"为你好"的缘故，父母们总想在孩子身上戴上名为"听话"的镣铐。

可是在现实生活中,无论是面对叛逆期的孩子,还是已经经济独立的青年,他们都很难找到让对方听话的办法。

姜还是老的辣。虽然中国式父母未必都学过心理学,却不约而同地凝练出了最有效的、让人听话的情感操纵法:自尊摧毁陷阱。

"自尊摧毁陷阱"是PUA心理控制套路的一个环节,指一方通过长期打击另一方自尊自信的方式,达到情感操控的目的。

思维正常的人都会维护自己的权利,骗财骗婚甚至诱导自杀显然很困难。想达到这些目的,就要不断地打压对方的自尊,摧毁对方对自己价值判断的自信。

随后,外部的加害者才可以为所欲为。

人的尊严,人对自己价值的自信,就像禾苗的根。

摧毁了根,你就可以轻易地让禾苗倒向你希望的任何一个方向。

揠苗助长式的教育，正是从铲除根本开始的。

3

与陌生人相比，在打压自尊这件事上，父母显然更具有得天独厚的优势。

很多人能够承受老板的辱骂，却会因为父母一句"怎么养了你这个废物"而哭一整晚。

小红花不只是小孩子期望的东西，绝大多数人终其一生都在乞求父母的认同。也正因为如此，来自父母的贬损足以摧毁一个年轻人的信心和坚持。

这就是父母们不约而同的原因——他们找到了最能利用身份优势控制另一个人的方法。

你取得了一点成绩，他们嗤之以鼻。
你遭遇了一点挫折，他们冷嘲热讽。
你交了一个朋友，他们说什么狐朋狗友。
你有了个爱好，他们说别搞那些乱七八糟的。

对子女的打击是全方位的,涵盖了学习、工作、交友、兴趣、恋爱等所有方面。

时间长了,次数多了,你就很容易怀疑自己:我是真的这么一无是处吗?不然我的父母怎么一直这么说我呢?

他们应该不会害我的吧?不是说没有父母不爱自己孩子的吗?

于是,等到他们逼着你从大城市回家相亲的时候,等到他们逼着你给弟弟买房的时候,等到他们逼你放弃追求的事业的时候,之前对你的打击已经累积到足够让人深陷自卑,甚至自暴自弃的程度。

你会真的怀疑自己的判断,会觉得自己真的是个没用的人。自己的喜欢,自己的选择,自己的坚持,都没有任何价值。

而在此时,对尊严的打压依然不会放松。

他们会说你干的什么工作让人笑掉大牙,会说你这么大年纪还嫁不出去都被人笑死了,会讽刺你没有编制就是给人"打工"的。

这时，禾苗已经被拔出了土壤，没了立身的底气。

很多人觉得父母的初心是好的、用意是好的，就算造成了什么心理上的阴影，也不是他们有意的。

人们说，不要怪那个揠苗助长的人，他就是想让禾苗长高嘛，出发点是好的，就原谅他吧。

没有人在意枯萎的禾苗有多绝望。

4

在人际交往中，给自己带来"焦虑和恐惧"的人际关系一定是糟糕的，这是判断一段关系是否健康的红线。这红线可以用于识别不健康的恋情或者友情，一旦发现，要立即进行切割。

而如果试图摧毁自己自尊的是父母，就更应该警惕，要意识到这是一个陷阱。

伤害不是一两天能够修复的，自卑也不是一两天能够化解的。当下能做的就两件事：经济独立，物理隔离。

而每一次遭到父母的嘲笑、讽刺和攻击的时候，你都要提醒自己，这是一种话术，是一个摧毁自尊的陷阱。

这不是真的。

我很优秀。

我没有那么糟糕。

被人拔起的禾苗，只有自己重新长出了根，牢牢扎在土里，才有活下去的希望。

其实哪个孩子没求过父母的认可呢？

十年前我看过一本小说，里面有个教书先生回忆自己的父亲。他说自己幼时家贫，父亲为他种了一棵梧桐树，在树下教他读书。

父亲说，此树快长快长，我儿快长快长。这树亭亭如盖的时候，我儿也一定出将入相，车上翠葆霓旌。

那天我合上书，在漆黑的房间里，坐了很久。

曾子杀猪：棉花糖实验

在孩子还处在一张白纸的状态时，他所在的家庭，就是他所见之社会；他所见之父母，就是世界的规则。

如果家长言出必践，则孩子会明白，规则是努力有回报；而若是家长食言而肥，那么孩子也会产生相应的认知：努力不会任何结果。

意志力，这项决定人生成就的内因，同样取决于环境，而非自身。

欺骗孩子会有什么后果？

很多家长都觉得没什么后果。

就像《曾子杀猪》里的母亲所言："特与婴儿戏耳。"只是和孩子闹着玩罢了。

同样的情境在今天也常常见到。父母要出门了，孩子不愿意一个人在家，又哭又闹，父母只好许诺一件好东西来安抚孩子。

在这个故事里，母亲答应回来就给孩子杀猪吃。
等俩人出门回来，曾子真的动手要杀猪。
妻子阻拦他，说那只是哄哄孩子罢了。
曾子说，小孩变成什么样，是跟着父母学的。
你骗他一次，就是在教他欺骗。而且父母一旦失去了子女的信任，以后再想教育孩子就难了。说完曾子就把猪杀了。

两千年前的人都知道欺骗小孩的后果。
但直到今天，依然有无数的父母给孩子许下一开始就不准备遵守的诺言，也依然觉得这只是玩玩而已，小孩子知道什么。

等到孩子反过来开始欺骗他们了，或者自己说什么孩子都不信不听了，又开始抱怨孩子怎么这么不懂事，怎么不理解父母的苦心。
既种其因，必尝其果。

以上是古人留下的道理,但今天我不想只是老调重弹。

欺骗孩子的后果,远不止失信而已。

1966年,斯坦福大学的心理学家做了个实验。他们找来十多个小孩子,让每个小孩单独待在一个小房间里,房间的桌上有好吃的棉花糖。

研究人员告诉孩子们:你们可以选择马上吃掉糖,可是如果你们能忍住吃糖的欲望,15分钟之后就可以得到更多的糖。

大多数小朋友坚持不到3分钟就放弃了,抓起棉花糖就吃。

也有很多小朋友忍得很艰难,比如捂住眼睛、转身背对棉花糖,甚至还有伸手打棉花糖或者揪自己辫子的。

最终只有三分之一的小朋友忍住了诱惑,等大人回来兑现了奖励。

后续的调查证实,那些愿意忍15分钟多吃一颗糖的小朋友,平均成绩比马上吃糖的小朋友高出120分。

长期的回访也表明,能够等待将来兑现满足感的孩子,在以后的人生中也会有更加成功的表现。这是自然,能够忍住吃糖诱惑的人，自然也更擅于忍住打游戏、玩手机的诱惑，获得将来才能兑现的成就。

这个实验的结论是，努力，即延迟满足的意志力，是一种天赋，而不是如多数人理解的那样，由后天的自我意识决定。

但之前看到了周玄毅老师的一句话，让我开始思考这种解释是不是唯一的。

"我一直怀疑，在'棉花糖实验'里选择延迟满足的小孩，很可能不是因为更能抵抗诱惑，而是因为他们的家长说话算话。这种对'当下投入会有长期回报'的规则的信任，才是他们未来比较成功的真正原因。"

也就是说，那些不愿意延迟自己的满足，而是有糖立刻就吃的小孩，未必是因为基因里不擅长延迟满足的忍耐，而是因为在孩子的眼中，这些和父母一样身为大人的研究人员的许诺，并不会兑现。

这些孩子认为这些大人在骗人，就像自己的父母一样。

或许这些孩子的父母也曾经许诺过糖果，或者其他的什么东西，比如考一百分就给一包糖，得个奖就吃一顿炸鸡，每天好好做作业周末就买一个玩具。

这就是标准的延迟满足训练,教会孩子努力就会有收获。可等到孩子牺牲当下的玩乐努力达到了目标,却发现自己不仅被骗了,而且骗人的人还理所当然。

"哎呀你还记得啊,其实爸爸妈妈就是随便说说,你看,这不就有好成绩了?"

或者是,"下次,下次一定给你买。"

对父母失望是非常难过的体验,毕竟每个孩子都曾毫无保留地相信过他们。

有的小孩会哭,被大人当作不懂事;有的小孩会沉默,被当作不和父母沟通。失望日复一日,直到第N个失望,孩子终于明白了这个世界的规则:

放弃眼下的快乐,是收获不了将来的快乐的。

延迟满足是不存在的,及时行乐才有安全感。

这就麻烦了。

无论学习或者工作,取得任何成绩的前提,都是要先付出一段枯燥的、成果只能等将来兑现的努力。

无论是学霸还是工作狂,都是因为对"付出会有回报"这个规则的信任,才能忍下日复一日乏味的生活。

但如果在孩子了解世界的过程中,被没有兑现的许诺刻上了"努力只能换来失望"的印象,那么这个孩子长大以后,还会像其他孩子一样努力吗?

在孩子还处在一张白纸的状态时,他所在的家庭,就是他所见之社会,他所见之父母,就是世界的规则。

如果家长言出必践,则孩子会明白,世界的规则是努力会有回报;若是家长食言而肥,那么孩子也会明白,努力没有任何结果。

自制力,或者说意志力,不只是一种天赋,还取决于家庭教育潜移默化的影响。

只不过这两个因素都不是个人能够选择的。

我们既挑不了先天的基因,也选不了后天的家庭。我们决定不了在我们懵懂无知的时候,会被种下什么样的种子。

等孩子长大了,他的确不会清楚地记得某一次失望是因为炸鸡还是糖果。

他也不会知道,但不知不觉中,却给他留下了一次次小小的失望,并因而无数次在自习室里忍不住拿起手机的记忆。

所谓命运,不是什么虚无缥缈的玄学。
在成长的道路上,每一个事件都由前一个事件决定。
命运就是这一连串的、从一开始就确定的因果。
而我们只能看到结果,即今天自己的人生。

鹬蚌相争：同室操戈，相煎何急

如果为了生存，鹬蚌们不得不争个高下，那么至少不要用"努力""上进"之类漂亮的词汇，把同室操戈的悲剧，粉饰成昂扬向上的号角声。

1

鹬蚌相争的故事，说的是双方为了利益彼此内斗，却因此被第三方拿走了好处。孩子们读的时候，大概也就是笑一笑鹬和蚌的蠢，记一下寓言的中心思想，这个故事就这么过去了。

孩子们不会想到，在成年人的职场中，这是最常见的一个故事。

而他们眼里强大的大人们，都身为鹬蚌而不自知。

2

我想给大家讲一个类似的故事。

从前有一个磨坊,里面有三头驴。原本这三头驴过得还不错,每天各自出一份力,换得一份饲料。

但有一天磨坊主觉得每天出三份饲料,只得三份成品,这样不够划算。

于是他卖掉了一头驴,然后对剩下的两头驴说,从今天开始,拉磨成果比较多的可以获得一份半的饲料。

这下可好。

两头驴本来每天到点下班,劳逸结合,但新规矩一出,为了争那多出来的半份饲料,两头驴每天铆足了劲拉磨,一边使劲一边怒视彼此,非要超越对方不可。

今天你干了原来一份半的活儿,明天我就起早贪黑干两份,后天你又想超过我,于是起得更早、干得更累。

磨坊主哈哈大笑。驴少了一头,消耗的饲料比原来更少,但每天攫取的劳动成果却比原来多了太多。

他只是稍稍改了一下规则,就让两头驴同室操戈,比亲自用皮鞭驱赶它们的效果还要好。

当今的老板们,是鹬蚌相争里的渔夫,也是上述故事中的磨坊主。

曾经他们也试过用皮鞭直接敲打员工,比如简单粗暴的"996福报论"。引起上班族强烈的情绪反弹之后,他们很快琢磨出了新的套路。

他们说:"你不是在为我打工,你是在为自己的简历打工。"言下之意,想要自己的简历超过别人,来加班吧。

他们说:"你和老板不是对立的,你的同事们才是你的竞争对手。"这已经是赤裸裸的挑拨离间,但有无数人将其奉为自己的职场哲学。

让打工者彼此竞争、彼此内斗,老板们从中攫取尽可能多的剩余价值。而打工者却不知反抗,真的把和自己一样的打工者当作了竞争对手,所有的注意力、所有的力气都用在打败彼此上。

不要笑鹬蚌的蠢,也不要笑那两头驴。

我们咬牙切齿地内斗，让第三方拿走了好处。

我们和它们没有区别。

3

经常听到有人说，加班没什么，只要给钱就可以。

就像故事里的驴那样，说的也是多干活没关系，多给吃的就可以。

这样说的人没有意识到一个事实：加班不只是个人的选择，同时也是对他人的绑架。

现代社会的职场是相互配合的流水线，可能是公司内部的配合，也可能是公司与公司之间的合作。但无论哪一种合作，都需要多方同时处于工作状态。

小李说周六开个项目会，老板颔首赞许，说还是小李对工作上心。但周六必须到场的，还有小张、小王、小陈等所有人，他们原本想要陪伴孩子，看望老人，或者好好休息。

办公室里小刘每天下班后都加班，于是在领导的眼里，小赵、小孙、小周准时下班就有错。

周末，小赵正和男朋友自驾游，青山绿水心旷神怡间，忽然甲方一个电话打过来，要她马上提供工作材料以便自己加班，搞砸了她整整一天的好心情。

但对方不会觉得自己有什么错，反而认为：自己今天又放弃休息，努力工作，特别上进。可是小赵的男朋友却看见了小赵接到电话的瞬间忽然灰暗的表情。

主动加班从来就不只是个人的选择。它绑架了职场流水线上所有和自己意愿不同的人。

往小了说，这是给人添了麻烦。

我们从小受到的教育告诉我们，给人添麻烦要说抱歉，因为这是不对的。如果给人添了麻烦还觉得自己理直气壮，很可能会被社会毒打。

认真地说，这就是愚蠢的内卷式竞争。鹬蚌相争，让渔翁得利。

偏偏鹬蚌们还在为自己的努力上进感动不已，忘了自己和周围的人原本可以用更少的代价获得更多的东西。

4

自私,是我们经常听到的一个词。

我们这一代人就是伴随着这个评价长大的。舆论先是说80后自私,然后说90后自私,最近00后也没能逃过。

是的,我们的确是自我意识更加觉醒的一代。但尊重自我价值的合理性有一个前提,就是不妨碍其他人,尊重他们的价值。

这一代年轻人说:挣钱是我的自由,加班是我的自由。"996"没问题,钱到位就行。

但在分工合作的当代社会,一个人加班,就会导致其他人不得不陪着加班。

一个人放弃个人时间,就会导致上下游的打工者被迫剥夺个人时间。

一个人说钱到位就行,其他不想挣这个钱的人,那些想要享受生活的同事,就只能被迫失去选择的权利。因为老板的眼中分出了三六九等。

主动加班和插队的行为是一样的。

这的确可以让自己赚到更多钱，获得更快速的成长，可以在和自己一样的打工者的竞争中获得优势。

就像插队，确实可以让自己更快地办完事情，对自己的确是有利的。

但你不能说插队是我的自由，我有选择插队的权利。因为你的选择影响到了他人。

这就是自私。或者换个词，这通常被叫作"损人利己"。

没人会觉得插队是对的。

但职场上，却有大把的人在干插队的事情，为了一己私利，剥夺其他人选择的权利。

从这一点来看，我们真的是自私的。

5

但这和插队又有一些不同。

插队是损人利己，而主动加班是损人，却未必利己。

就像那两头驴玩命地拉磨，得利的是它们自己吗？事实上它们的时薪更低了，劳动强度更大了，身体受到的损伤也无法挽回。

驴的动机是自私的，可结果是磨坊主得到了好处。

我知道，哪怕话说到了这份儿上，还是会有很多人说，我不管老板多得了多少好处，也不管是不是影响到了其他人，我只想让自己的利益最大化。物竞天择，适者生存，你不愿意加班，不愿意竞争，跟不上我的快节奏，你就活该被社会淘汰。

正如前文所言，我并不赞同损人利己有理的观点，我想大家受到的教育也并不鼓励这样的价值观。

但这种观点最大的问题并不在此，而在于它事实上并不能达到它的目的。

20岁的你，35岁的你，50岁的你，都是你。

所谓强弱并不是恒定的，谁都会有老去的一天。

20岁的你站在老板一边，确立了只有放弃家庭、放弃私生活、放弃健康的人才能适应的职场节奏，让贯彻丛林法则的公司得以生存。等到35岁你被家庭拖累，身体状况又下滑的时候，你帮助公司确立的丛林法则就会淘汰你自己。

这不是损人利己。

这是饮鸩止渴。

哪一个35岁被裁掉的人,年轻的时候没有奋斗过。哪一个曾经不是丛林法则的赢家。

然后呢?

我知道大家都活得很艰难。我也是一个上班族,我也知道一个人没有修改规则的能力。很多时候为了生存,我们没得选择。

写下这么多,我想表达的是,我们或许只能被迫向资本低头,或许为了生存不得不做一些错误的不明智的事情。

但是,当我们身不由己的时候,我们至少要明白,这是错的。

不要把自私当成自由,不要把破坏规则的内卷当成感人的奋斗,不要因为插队的动作很辛苦就感动自己。

不要自我合理化,那是人为了逃避负罪感最擅长的事情。

如果为了生存，鹬蚌不得不争个高下，那么至少不要用"努力""上进"之类漂亮的词汇把同室操戈的悲剧粉饰成昂扬向上的号角声。

是的，一个人没有修改规则的能力，但一群人的选择可以，而选择的改变来自观念的改变。

这是我写这篇文章的原因，也是我写下这本书的原因。

表达会产生思想的碰撞，碰撞会留下改变的火种。未来的希望，或许就埋藏在这些火种中。

屠龙之术：无效工作经验

职场中的赞美和期许，不过是最廉价的小红花。

1

《庄子·列御寇》中说，有个人叫朱泙漫，拜一个叫支离益的人为师学习杀龙的技巧，足足学了三年。可等他学成下山，却发现自己苦练的本事没有任何用武之地，因为这个世界上没有龙。

故事的寓意是，不要去学习那些无用的技术或者本领。

但这个故事有两个让人疑惑的地方。

其一，你很难找出某个技能是完全没有任何用处的。也就是说，故事中警告我们远离的东西，在现实世界里似乎并不存在。

其二，朱泙漫是学成下山之后才发现世界上无龙可杀，可是作为老师的支离益早已"学成"，早就知道这个技能是没有用处的。那他为什么还收下这个徒弟，鼓励他，教导他，看着他起早贪黑整整学了三年？

我想试着换一种方式，说说朱泙漫的遭遇。

2

讲一个让我印象深刻的职场故事。

一个年轻人刚从校园走上职场，发现单位的同事竟然都不会用Excel，每个月底的报表都要提前几天就开始人工录入。于是他毛遂自荐，用Excel一个人干完了好几个人的活。领导、同事都夸他"还是大学生厉害"。

再后来他就成了专职的录表员，一干就是三年。三年里同期一起入职的同事已经在业务部门成长为能够独当一面的部门负责人，而他却是录表越来越多。

第四年，我们的主人公终于醒过神来，表越录越慢，错误也越来越多。终于，有个新毕业的大学生接替了他的录表工作。

交接工作时他夸赞道：重点大学的就是厉害，录表又快又准。小姑娘两颊绯红，害羞地否认。

"到现在她还在录表。"

和寓言故事一样，主人公也花了三年的辛苦，训练出"录表"这个技能。可等他练成后，却发现自己的同事们用同样的三年训练了能够独当一面的、具备竞争力的技能，在竞争的道路上把他远远甩在了身后。

在整个过程中，同事们不停地勉励他、夸赞他，让他不断接收到正向的反馈，以至于在虚耗光阴的道路上一直坚持。

看完这个故事我意识到，那个关于屠龙的寓言或许可以有另一种解读。

成语词典里说，所谓屠龙之术，是指毫无用处的技能。

其实世界上并不存在某个没有任何使用场景的技能，哪怕跳大神这种封建迷信活动，在某些地方都能挣到钱。但在激烈的社会竞争中，有一类技能确实相当于"毫无用处"——那种人人都会的，随时都可以被替代的，机械式重复劳动的技能。

这样的技能在职场随处可见，比如上文例子中的"录表"，比如编造毫无用处的假文章，甚至有的单位会安排年轻人给所有领导办公室倒开水、送报纸，美其名曰"和领导处好关系也是一门学问"。

于是这个新人每天上午都在往返跑中度过，而领导们对于新人能力的唯一印象，就是一个送货及时的"快递员"。

所以，这个故事可以告诉我们两个道理：

第一，不要把时间和精力花费在无用的重复劳动上，因为重复劳动训练出的技能没有价值，或者根本不能称为技能。这个道理看似简单，但有很多初入职场的年轻人都踏入了这个陷阱。

第二，要提防那些因为各种原因，让你把时间花费在"学习杀龙"这种事情上的人。

今天的年轻人都很焦虑。

社会竞争过于激烈，求职越来越难，发展越来越难，大家你追我赶，仿佛抽空看了场电影就会被加班的同龄人落下了。

忙碌成了提供安全感的"良方"。今天很忙,睡前就有一种充实感;今天很闲,睡前就辗转反侧,觉得自己又浪费了一天。

如果长期处于忙碌的状态,那么劳累会让自己安全感爆棚,仿佛自己正开足马力朝着似锦前程奔跑。

3

《庄子·列御寇》中讲的故事比较简略,我们不妨推演一下可能发生的细节。

如果是你拜了一个师父,学的是杀龙这个根本不存在的技巧,你随时都可能从骗局中醒过来,放弃这份错误的坚持。

那么,你觉得师父要怎么做,才能让你受骗三年,起早贪黑刻苦训练?

答案是不断地提供正反馈,让你沉浸其中。

这个所谓的老师一定会惟妙惟肖地告诉你,这个招式可以斩龙的脖子,那个步法可以躲开龙的火焰。每一次你取得了进步,他都会在一边满意地颔首微笑,告诉你今天吃的苦都是有价值的。他还会拍拍你的肩说,你真是我优秀的徒儿,继续努力,将来一定会名扬天下。

于是年轻人日复一日地苦练,日复一日地沉浸在锻炼自己的充实中。这种充实的幻觉让他失去了判断力,虚度了大好年华。

而他的老师,得到了学生的学费,积攒了千金的家财。

在现实的职场上,最常见的致幻剂,就是那句"能者多劳"。

在上文的例子里,难道整个公司真的没有一个人会用Excel这种基础办公软件?

我想不是。

事实上,所有的企业都需要机械劳动的岗位,职场老人都避之不及。大家都明白,谁成为"机械劳动"的"能者",谁就会在宝贵的成长期失去用于提升自己的时间和精力。

这时候,大家就会把这朵名叫"能者"的光荣的小红花,戴在某个冤大头的胸前,不断给他足够的正反馈。在他享受着所有人的夸赞而埋头苦干的时候,同事们转过身,把自己的时间和精力用于个人的锻炼和成长。

于是年轻人日复一日地加班，沉浸在虚幻的成长中，失去了判断力，浪费了大好年华。

而他的前辈和同事们却得到了属于自己的前程。

单纯的忙碌，不能让人成长。

单纯的疲累，不能让人进步。

每天为了练习"杀龙"流血流汗，唯一的效果是感动自己。

忙碌是一种致幻剂，药效是提供"我在进步"的错觉。当每天加班到深夜，拖着疲惫的身体回到家，你觉得这又是向前奔跑的一天，殊不知自己可能只是在原地踏步。

原地踏步的时间长了，双腿也会很疲累。但这种疲累不能让人前进哪怕一步，反而会让人失去原本可以用于奔跑的气力。

致幻剂通常是有毒的。

单纯的忙碌，就是其中很常见、也很隐蔽的一种"致幻剂"。

那什么是有价值的忙碌呢？

马云老师曾说"996"是福报，我倒觉得他的忙碌方式是很值得我们参考和学习的。

1988年马云在杭州电子工业学院当教师，1995年辞职创业。

当教师的七年间，马云发起了西湖边的英语角，开始建立自己的名气，成立了海博翻译社。为了生存，翻译社卖过鲜花和医药用品，马云亲自背着麻袋到义乌进货。在翻译社的工作中，他结识了一名来自西雅图的外教，有机会参观国外的公司，了解到互联网未来的可能性，于是开始寻找机会创业。

需要强调的是：付出这些努力的时候，他的身份是一名在职老师。

如果马老师每天忙于杭州电子工业学院的琐事，每天"打完杂""录完表"回家只想摊在床上，那么他是没有时间和精力独立思考的，也没有时间和精力完成以上所有让他开阔视野和人脉的工作。

愿意忙碌、愿意打拼当然是一件好事，只不过我们必须确保一件事：所有的忙碌都实打实地用于自我的提升。

只要忙碌确实让自己获得了新的经验，增长了新的知识，丰富了阅历，甚至可以在简历上加上一行，那就是真正有效的努力，而不是原地踏步的辛苦。

偶尔也效仿一下成功学的套路。如果你是想要奋斗的那一类人，那么在选择"忙碌的方向"的时候，成功人士马云老师是值得我们多多学习的榜样。

4

文中的那个职场故事我是几年前看到的，可直到今天还记得。

最后，主人公对新来的小姑娘也说着那句"能者多劳"。

或许这就是职场吧，那些微笑着的赞美和期许不过是最廉价的小红花。他们希望年轻人都被小红花感动，就不会索求自己应得的报酬。

"到现在她还在录表。"

学习杀龙的少年，在发现世界上没有龙之后，也变成了教人杀龙的老师。

这也算另一种版本的，屠龙的少年化身恶龙的轮回吧。

终章：小马过河

所有的长辈教诲，所有的网络文章，所有的前人经验，过的都是另一条河。

任何道理，都只是某一群人的正确——但未必是你的。

是的，也包括这本书提到的每一个道理。

为什么听过很多道理，却依然过不好这一生？

1

去年有个女孩儿来应聘，从北京回来的。

我问她为啥不留在北京，女孩儿说：因为一直没有交心的朋友。

大城市的公司很年轻，同事也大多是同龄人，上班笑笑闹闹，下班一起吃饭唱歌，看起来和孤独没有半毛钱关系。可是夜深人静时却找不到合适的人说点心里话。

纠结了半天，最后打电话给家乡的高中同学，说这城市有两千万人，却连一个陪她看电影、压马路的人都找不到。

高中同学也叹口气，说那你回来呗。

结论：大城市的热闹是假的，孤独是真的。

2

几年前有个文青朋友，在小城市待得很憋屈。

找了大半年工作，没有一份自己喜欢的，也没有认识一个新朋友。

有些人估计要说"遇事多反思自己"之类的话了。找不到工作，是不是挑三拣四、眼高手低呀？没有朋友，是不是自己性格不合群呀？

后来她去了上海。你猜这个半年找不到工作的人，在上海找到喜欢的工作用了多久？

四天。

第四天的上午,她很高兴地拍了新公司的照片给我看,说老板人好,同事也和气,而且都是搞创作的,能聊到一起。

再后来她的朋友圈就全是一群人开心的笑脸了,事业也风生水起,状态和之前的死气沉沉判若两人。

结论:小城市找不到同类,大城市才可以温暖彼此。

3

知乎上关于体制内的工作好不好,一直有很多争论。

有个答主花了八年时间,混到给厅长写材料的政务秘书。可就在这个时候他辞职了,原因是"太累"和"赚钱太少"。

"感觉太累,完全没有自己时间,而且24小时待命,过年也一样。二是赚钱太少,每个月只有我媳妇五分之一的工资。"

后来他辞职了,现在在企业里工作得非常开心,挣得还比之前多得多。

结论：体制内极度忙碌，需要24小时待命，比"996"还要夸张。

收入和劳动不成正比，不值得。

这一点我能证实。我见过好几个公务员忙得脚不沾地，父辈的、同龄的都有。

4

但也有一些不同的声音。

很多人说刚毕业时不想考公务员，想到大企业做一点看起来高大上的事情，有面子，挣钱也多。

结果发现私企的"996"之下根本没有个人时间，几年下来身体累出一堆毛病。

回头看看考公上岸的同龄人，每天按时上下班，周末还有做饭、郊游、看电影的闲情。更气人的是，好像自己的收入并没有比公务员高出很多。

于是恍然悔悟，一个个开始考公务员。真香。

结论：体制内劳动强度低，闲暇较多，而且收入并不少。

这一点我也能证实。身边也有每天按时上下班的公务员，家里有事只要请假说一声就好，日子过得美滋滋。

5

现实里很多人说教，网络上很多人讲道理。
其实万千道理，都是小马过河。
小马要过河，老牛说河水浅得很，松鼠说河水深得要命。
假如小马还认识大象、长颈鹿和蚂蚁，它会得到更多截然不同的答案。

没有人说假话，都是事实。没有人想害人，都是好心。
但小马要过河，那些经验全都无用。

每个人都是故事里的小马。

每个人的处境都是独一无二的,很难套用前人的经验和道理,哪怕它们全都真实且正确。

6

我们身处的这个社会,变量是无穷无尽的。如果把人生的难题写成一个方程式来求解,你会发现把所有英文字母和希腊字母都算上,都不够指代未知数。

这种方程是不可能有唯一解的。

而讲道理的人是怎么做的呢?

比如讨论人要不要结婚,说话的人会举出一个或好或坏的婚姻的例子,让听众和读者参照和代入,最终得出人要结婚或者不要结婚的结论。

可是这个结论要成立,首先得假设你和你的伴侣两个人的性格、家境、知识结构、价值取向、工作能力、发展机遇、收入水平、婚外相遇的人……都和例子中的人相距不远。

因为只有前置变量相同,事情的结果才会一样,道理才有参考价值。

但很多读者和听众却常常忽略了自己和事例中的主人公的性格、处境、价值观全都不同，而只记住了最后的结论。

譬如，只记住"人要结婚"或者"结婚没好处"，然后简单粗暴地执行。

这就是听过再多道理，也过不好这一生的原因。

记住别人的道理没有什么用。

7

再说说争论。

网络上经常有骂战，一有不同的观点，就咬牙切齿数落对方的不是。

就比如上面举的四个结论相反的例子，都能写成一篇观点鲜明的文章。

而只要文章传播开来，也就必然会招来反对的声浪。然后双方各举出一百个针锋相对的案例，唾沫横飞骂作一团。

何必呢。

如果你不喜欢一个观点，说明持这个观点的人和你不是同类，这个观点也不是为你准备的。

各自用各自的道理，找各自的同类，过各自的人生就好了，吵啥呀。

8

这个世界，是个混沌的、随机的、混乱的系统。

小河在流动。小马在长大。

所有的长辈教诲，所有的网络文章，所有的前人经验，过的都是另一条河。

任何道理，都只是某一群人的正确。

但未必是你的。

是的，也包括这本书里的每一个道理。

所以我把这篇《小马过河》放在寓言部分的最后，希望大家合上书本之后，下一次站在岔路口，可以找到属于自己的方向——而不要只看那些别人留下的路牌。

人生的道路是个迷宫，路牌只代表着对于刻路牌的人来说，这条路通向哪里。

而对于你来说，这条路通向哪里，需要你自己去发现。

当然，会有坎坷，会有错过，会有很多代价。抱歉，几篇文章没有办法帮大家完全避开这些。对于这颗星球上的任何物种来说，生存都是一件很艰难的事情。

人生是不存在"正确道路"的。

人生只有"道路"。

很多时候，哪怕过尽千帆回首望，我们还是很难判断自己的选择是否正确，因为我们无法知道另一个选择的结果。

我们能做的，就只有努力做喜欢的事，努力爱身边的人，努力倾听自己内心的声音。

人生不是客观题。人生是一道主观题，如果你去翻命运的参考答案，会发现那上面写着"言之成理即可"。而批改试卷的，正是我们自己。

如果很多年后，你愿意在自己的答案上打钩，那么这些自己写上的答案，就可以被称为正确答案了——如果你真的很在意"正确答案"的话。

虎
———
牙

  我们从小做题，知道ABCD四个选项里，一定会有一个是对的。

  我们理所当然地以为这规则也适用于人生，我们觉得不可能没有正确的答案。

  如果所有选项全是错的呢。如果所有的选项全都指向零分呢。

  还要日复一日的为了"错误"的选择而后悔吗？

星火

我一直觉得孤独的冲锋无比浪漫。

鲁迅先生的教诲言犹在耳:"如竟没有炬火,我便是唯一的光。"

我遇见过很多让我生气的事情。

我听到过餐桌上女孩和男孩同时伸手夹菜,父亲狠狠把女孩的筷子打落的故事。

我听到过耳机里传出的朋友的抽泣声,她的家人强迫她嫁给一个土老板的儿子。

我见过很多在外闯荡却被父母勒令回家的年轻人,在劳务派遣公司领着原来工资零头的薪水。年复一年,他们眼中的光芒一点一点地黯淡。

后来我写了些东西，那些字是我愤怒的凝结。

可是更多我不能想象的遭遇，出现在了文章下的评论里。

有个女孩出生两天就被父母活埋，对，活埋。原因是父母相信只要女儿死得惨，就不会再有女孩敢投胎到他家。

有个女孩说毕业后被父母强迫回到家乡的小县城，不准她化妆，不准九点半之后回家，不准她去旅游，琢磨着赶快把她介绍给谁家儿子。

还有个姑娘说母亲装病逼着她辞职回家，等她发现被骗想拿着包跑的时候，母亲又抢走了她的包，把身份证、毕业证、银行卡全都藏起来让她无法求职，然后逼着她去本地银行当劳务派遣的临时工。

我觉得很无奈，因为无论我写或不写，这些悲剧每天都在发生。

我也无数次收到同一种回复："你在这里说这些有什么用，那些人又不看微博。"

他们说得对。那个活埋女儿的人，那个圈禁子女的人，那个抢走女儿毕业证的人，都看不到这些。

特稿记者林天宏如此评价曾经在媒体的工作：

你能影响的只是想被你影响的那些人,是极少数的人。"

这是文字的无力感。

我们的对手是整个旧世俗的规则。

支撑旧世俗的,是从不看电影、只看婆媳剧的三姑六婆,是不看微博、只信朋友圈谣言的大叔大婶,是无视日新月异的世界,是坚信自己的观念即真理的父母亲戚。

这当然不是一个人的战斗。在我的前方,无数伟大的作家、导演、画师、歌者们,已经向世俗发动了一次又一次的冲锋。

可是这个世界实在太糟糕了,只靠拿笔的人战斗,救不了它。

因为我们的敌人听不见。

所以鲁迅先生说:"愿中国青年都摆脱冷气,只是向上走,不必听自暴自弃者流的话。能做事的做事,能发声的发声。有一分热,发一分光。"

互联网是我们的战场没错,可更广阔的战场在客厅,在办公室,在婚礼,在医院,在学校,在每一个平凡又普通的生活里。

在每一个家庭里,在每一个工作岗位上,我们每一个人都可以用自己的言语和选择,向腐朽的世俗"说不"。

每个人的心里都有火焰啊,否则孙悟空为什么是所有人的英雄呢?

"我等生来自由身,谁敢高高在上?"

一个女孩,对父母的逼婚坚决地说不,她在战斗。

一个年轻人,顶着家庭的压力坚持热爱的事业,他在战斗。

一个学生,挡在被校园霸凌的同学身前,他在战斗。

一个新郎,坚决反对闹伴娘的要求,他在战斗。

一个妇产科医生,拒绝熟人介绍的胎儿性别检测,他在战斗。

一个HR,抵制上级性别歧视的人事政策,他在战斗。

一个异性恋,面对并非针对自己的歧视时依然挺身而出,他在战斗。

历史是由每一个人组成的。每一次坚持,每一次反抗,都是蝴蝶扇动着翅膀。

每一分微小的努力,都可能改变某一段人生。

于是时代前进的齿轮,就被推动了一点点。

而无数人的努力,无数个一点点,会让那巨大的齿轮轰然转动。

或许迎接我们的是不孝的道德大棒,是朋友"你怎么不上道"的摇头抱怨,是看怪物一样的眼神,是"我吃过的盐比你吃过的米还多"的冷笑。

或许,我们只能在微博这样的地方才能抱团取暖。

可那又如何,我一直觉得孤独的冲锋无比浪漫。

先生言犹在耳:"如竟没有炬火,我便是唯一的光。"

我想亲手改变这个时代。

我想当一个不会留下姓名的英雄。

我想成为这庸碌俗世里的一点星火。

我知道大家很孤独,我也一样。

可是别放弃呀,无论是为了自己,还是为了天下。

星火漫漫,终会燎原。

努力是一种天赋

事实并非那句流传甚广的口号"以大多数人的努力程度，还无法和人拼天赋"，而是"以大多数人的天赋程度，还无法和天才拼努力"。

忽略客观规律，忽略别人拥有的优越条件，却用别人的标准来要求自己，然后焦虑自责，这实在太欠缺公平。

焦虑最常见的原因，是没有意识到努力是一种天赋。

微博上有一位成功的企业家，也是一位我很喜欢的博主，他在谈及自己的努力时，提到了一个概念："exp比money更吸引人"（exp可译为经验，money可译为金钱）。

对于他而言，工作中的努力并非由金钱驱动的，而是由工作带来的成长乐趣驱动的。

比如面对工作中的辛苦和挑战,他的想法是:我又可以玩出很多新花样了,玩得开心还给我钱,还有这种好事?

无心插柳柳成荫。在这种心态下,人的成长速度是很快的,最终也能挣到更多的钱。

当然了,正如他所预料的那样,评论里果然有很多人质疑他只不过是不差钱而已,但是我能理解这种努力的心情。

其实,成就感带来的愉悦大家应该都不陌生——因为每个人上学的时候都解过数学题。

我的数学成绩一直很糟糕。但就算是我这么个后进生,也不止一次地体会过绞尽脑汁地思考之后终于解出题目的成就感。如果说要描述当时的场景的话,大概是恍然大悟之后狠狠拍了一下书桌,或者因为太过激动甩掉手里的圆珠笔。

学生自然是没有工资的,解开题目收获的反馈就是经验值增加的快乐。

可以想象,如果我能通过努力不断地解开数学题,不断地获得成就感的刺激,那么会有两个结果:

我会为了追求快感一直做数学题,成为一个外人眼中"自律"的好学生,以及我的数学成绩变得很漂亮。

但这两件事都没有发生,哪怕我很想做个好孩子。

因为我的数学天赋所限，简单说就是因为我比较笨，我能够解开的题目是很少的。

作业本上当然不止有一道题目，一次能够获得成就感的体验，同时必然还伴随着五次、十次再怎么努力也徒劳无功的失望和叹息。最终，大脑总结了努力之后的结果：
一无所获，还白白受苦。

学渣和学霸是因为平时是否努力拉开了差距。
而学霸们为什么总是那么努力呢？
与其说那是基因对延迟满足能力的决定性影响（有研究证实过这一点，字面意义上的"努力是一种天赋"），我更愿意相信的是，那是因为学霸能在努力中不断获得情绪上的快感。
因为前者实在太令人绝望了。

一个人是否能坚持努力，取决于他能够在努力的过程中，获得多少正反馈的情绪激励。
而正反馈的频率，取决于学习新技能的效率，即天赋。
事实并非那句流传甚广的口号"以大多数人的努力程

度,还无法和人拼天赋",而是"以大多数人的天赋程度,还无法和天才拼努力"。

我们努力用的是意志力,是长期零反馈的强迫自律。天才的努力一步一景,享受不断收获的成就感。

这根本就不是双方在拼,而是一方在玩命,一方在享受,双方根本就不在同一个赛道上。

所谓"exp比money更吸引人"的成功路径是正确的,但也只能适用于只要努力就能获得exp的人。

有一种说法是,焦虑的来源是对自身过高的要求和现实的懒散形成了一种比较,当两者不能契合的时候,人就会产生负面情绪。

这诚然有一定道理,但还没有把问题说透。

"对自身过高的要求",是来自对身边最努力的那群人的印象。看着身边的某些人呕心沥血地努力上进,就觉得他们可以那样,自己当然也可以。

问题在于,每个人的思想和意志都是来自之前的人生中不断试错的经验和教训。那些玩命努力的人,必然是在过去努力的过程中获得过很多的回报,这些回报又激励他们重复之前的行为。

你以为是主观意志让他们坚持努力的？不，是不断成功的客观事实让他们坚持努力的。

显然，并非每个人都有这样的"客观事实"。

写了这么多，是想请大家放过自己，不要非得逼着自己比别人优秀。

不知为何，所有人非常热衷和别人比较。只要一个地方比不过，就焦虑，就压抑，就觉得都怪自己不努力。

事实上，考虑到越来越高的抑郁比例和越来越多选择离开这个世界的人，我甚至有一个想法：

人为之焦虑和自责的"懒惰"，很可能是大脑本能的解压和自救行为。

首先，所谓"优秀"的标准只是某一种价值观定下的标准，并不是在所有人身上"优秀"都能等同于"人生意义"的。

其次，根本没有人在意这样的比较是不是公平。每个人都往死里折磨自己，质问自己为什么不努力，为什么不能白天上班晚上读书，为什么不能坚持健身，为什么不能像别人一样自律又上进。

可你知道那个"别人"健身的时候整个身体都舒畅又愉悦吗？你知道对那个每天读书的人来说，"充实感"的愉悦是要超过刷剧和睡懒觉的吗？

一个能从运动中获得快感的人和一个运动的全过程都很痛苦的人，瘦下来需要的意志力，是一样的吗？

忽略客观规律，忽略别人拥有的客观条件，却用别人的标准来要求自己，然后焦虑自责，这是一种自虐行为。

有人说，天才不是练一个小时顶普通人练一周，而是与普通人同样每天练四小时，能达到普通人达不到的高度，以此来证明天赋只能在努力之后产生作用。

不，天赋不是这么生效的。

把"每天坚持四小时"这件难事变得没那么难，才是天赋的强大和可怕之处。

努力就是天赋，天赋就是努力，它们只是同一个结果的两种不同表述而已。

每个人的人生都是独一无二的，不要逼自己必须活得像个天才。

那会把自己逼死的。

两个脑袋的人

他支持你,同时也反对你,他认可你,同时又不屑你,他认为这是对的,同时也认为这是错的。

他赞同哪一种观念,只取决于说话的那个时刻,哪一种观念对自己更有利。

你要怎么说服一个这样的人呢?

生活里的争执,常常并没有道理可讲。

往往我们掏心掏肺地说了半天,对方却丢下一句"你懂什么"或者"我走过的桥比你走过的路还多"——就像辩论赛上我方言辞恳切,对方直接掀了桌子。

一方拒绝沟通,就可以让沟通成为不可能完成的任务,但这还不算最困难的情况。

对方拒绝沟通，至少意味着对方有一个"固执"的"己见"。

可是现实中和网络上，我们都常常遇到两个脑袋的人，每个脑子里想的都不一样。

2020年年初，新冠肺炎疫情刚刚爆发的时候，家里的老人就一直给我发送各种情势紧急的消息和官媒的呼吁，末了会来一句："最近都待在家里，平安第一！"

感叹号还不止一个，我看着挺欣慰的，心想这回长辈难得的懂事。

过了大半个月，当时疫情远未缓和，每天的确诊人数依然激增，国家号召大家配合防疫不要外出，街上也空无一人。

老人家忽然给我发了一长串文字，让我第二天陪她去一趟银行，因为定期存款到期了。

这突然的转变着实让我莫名其妙，不是你说宅家保平安的吗？

接下来的十多天，我们在微信里陷入了反复地争论。

我费尽口舌说了各种理由，甚至给她发了一个一人感染全家都没能幸免的新闻。我说这不是一个人的命，事关全家的安危。

老人家依然不为所动，坚持必须出门。

真正打败我的是如下对话。

我问道：是钱重要还是命重要？

我以为这是个答案很明显的问句，没想到老人立刻回复了一行字：

"当然是钱重要！"

最终，我只好在防疫形势最严峻的时期，陪老人家出门去了银行。我知道如果再坚持，她是可以做到撇开我们自己前往的，而且她没有口罩。

接下来，更加令人迷惑的事情发生了。

就在我们冒险前往银行的当天晚上，我的手机又收到了来自老人家的消息，是一条疫情依然严峻，号召大家坚持不出门的新闻链接，末了打了一行字："现在什么都不重要，平安第一！"

我握着手机，看着最后的那句话呆了半晌，然后看了看聊天记录。

"当然是钱重要"几个字赫然在列，并不是我的记忆有什么错乱。

那这十多天里，漫长的说服和争吵为了什么呢？我忽然有一种茫然感。

你要说服对方接受的观念，对方早就有了；你举出的那些以为可以打脸的例子，对方早就见过了。

你以为会发生的是，对方因为观念和事实不能自洽，自我反省，自我质疑。而事实上发生的是，对方自行分裂出了另一个截然相反的观念，和之前的观念在同一个人身上共存。

喜欢哪个就用哪个，谁符合当下的利益我就信谁，简直是左右逢源，悠然立于不败之地。

也是在2020年的新冠肺炎疫情期间，有个网友的发言就很有意思。

这位网友的第一条微博是："有一点心寒的是感觉湖北人真的受到了歧视，完全一刀切，只要是湖北籍的难道全带病毒吗？"

看来这位网友是反对一刀切的群体歧视的，这没毛病。

没想到这位网友在第二天凌晨再次发言：

"对不起，我就是种族歧视，我就是歧视非洲人。"

两条微博的时间间隔不到12个小时，两条截然相反的价值观同时摆在同一个人的微博页面上。

当它们并列在一起的时候，形成了一种非常讽刺的、具有教育意义的效果：

这就是我们面临的常态：很多人连自己原本相信的是什么，自己是否存在价值观这个东西，都没有搞明白。

种族歧视当然是不对的，因为你不能用群体的印象套用在某个个体上。

就像湖北人感染的比例比较高，但不是每个湖北人都感染一样。比我更聪明、勤奋、优秀的黑人个体肯定也有许多，你不能看见"某一个"黑人，就先入为主地认为他一定如何如何。

这就是有趣之处了，当你想要反驳这位网友的后一个观点时，发现用来反驳的说法正是对方刚刚说过的——"完全一刀切，只要是湖北籍的难道全带病毒吗？"

你要怎么说服他呢？你想说的观点他自己刚说过了呀。

所谓说服，无非是对方原本相信一个旧观念，你想要改变他固有的价值观。

但你没想到的是，对方根本没有任何"持方"，他从一开始就不知道自己相信的是什么。

他支持你，同时也反对你；他认可你，同时又不屑你；他认为这是对的，同时也认为这是错的。你怎么能说服一个这样的人呢？

不要尝试了，做不到的。

我们要面对的，不是冥顽不灵，而是空空如也。

其实两个脑袋的人在生活里挺常见的。

一个很普遍的例子。很多父母都希望子女回老家考编制、相亲。如果在大城市工作的子女提出收入下降的问题，他们总是会说："你别跟赚得多的比啊，三千块也有三千块的活法。"

知足常乐当然没有错。但子女小时候考试成绩不好，拿同学当挡箭牌说那谁考得更差的时候，父母会说"你别跟差的比啊，你怎么不说第一名考多少分呢"。

时而知足常乐，时而力争上游；时而恐慌宅家，时而无所畏惧；时而歧视，时而反歧视。

你没法知道他们是怎么看待这个世界的，这件事连他们自己都没能弄明白。

但没关系，这并不妨碍两个脑袋的人慷慨陈词。

世界没有那么公平

　　多的是我们看不见的角落，多的是我们想象不到的原因，多的是完全不合理却正在发生的事实。
　　这世界是一团的混沌。它没有那么公平。

　　两年前列席过一场面试。应聘者是一个女孩子，国外名校毕业的海归，履历非常优秀。
　　但是一位面试官担心女孩子入职后生育，便问她短期内是否有结婚生子的打算。
　　女孩干脆利落地摇头：不会，我是独身主义。
　　我很看好这位应聘者，觉得这下面试官总该满意了。没想到同为女性的面试官双眉一扬，鼻孔里哼了一声：你开玩笑吧，女人肯定要结婚的。
　　女生一愣，肃然摇头：领导，我真不结婚。

面试官一下子睁大了眼睛，好像目睹了什么难以置信的事情。随后，这位领导滔滔不绝，在面试现场试图说服应聘者婚姻是人生的必经之路。小姑娘开始还反驳两句，后来只好微笑点头不发一语。

一旁的我很是迷惑。

人家是来工作的，私生活和这位面试官并没有任何关系。何况站在公司利益的角度，没有家庭牵绊的员工更能一心投入事业，应聘者的选择本该是所有答案里最能让公司满意的一种。

最后这位女孩没有被录取。那位面试官后来说：不结婚的女人不靠谱，没有责任感。

后来小姑娘来问我面试结果，我抱歉地说没有通过。

她很茫然，不知道为什么最后录取了一个各方面都不如她的应聘者。

她小心翼翼地问我，是不是她面试的时候哪里表现不好，或者什么方面的能力不如对方，让我告诉她，以后好改进。

我不知道怎么开口。

犹豫了半晌,我只好说,你没有什么问题,不要怪自己了。

包括我在内,很多孩子从小受到的教育,是"出了问题先从自己身上找原因"。

考试考不好,"我生病了""我没睡好"全都不是理由,就好像生病和疲劳真的对临场发挥一点影响都没有似的。无论孩子怎么辩解,家长只会甩过来一句,"出了问题先从自己身上找原因"。

从小被灌输无数次的观念,会在一个人的脑子里根深蒂固。

于是就如上文的女孩那样,很多年轻人遇到挫折的时候,第一反应是检讨自己的不足。

而忘了这个世界有多糟糕。

不,我得调整一下说法。毕竟世界上也是有好运的人的。

应该说,事物之间的联系,并非我们想象的那种因果关系。

比如人们以为面试成绩的"果"是由个人能力的高低

这个"因"决定的。这似乎是显而易见的，因为这是面试之所以存在的原因，但事实并非如此。在不同的场景中，导致"果"的"因"都各不相同。

所谓因果，是混沌无序的，无法归功，也无法归咎；无所谓好，也无所谓坏。

它是随机的。

先声明一下，检讨自己的不足当然是必要的。愿意这样教育孩子的家长还算比较优秀的，至少比以自我为中心的熊孩子、熊家长要好得多。

可是任何原本正确的观点，当过于偏激的时候，都会把人导向错误的方向。

我们都学过马克思主义哲学，虽然主观能动性很重要，但是也强调了客观条件是不可忽视的存在，忽略任何一方都是不合理的。

怎么到了实践中，很多人却忽略了客观条件的干扰，只揪住自己不停地责难。

励志鸡汤不断地告诉大家，努力了就能成功。成功学讲座的场面非常热烈，一群人齐声大吼"我一定能行"。所有人都相信谎话说了一千遍就会变成真理，相信一己之力必然可以改天换地。

可是如果一个人拼尽全力却依然陷在泥泞里，难道我们要把所有责难都压在那个人身上，而忘了和他赛跑的人是在宽阔的柏油马路上奔跑吗？

你面试没有通过，可能是因为你确实不如别人，也可能是因为面试官早就被人打通了关系。

你得不到上司赏识，可能是因为你确实能力不强，但也可能是因为上司的能力比你更差，他只能打压你。

你的男朋友和你分手了，可能是因为你给的关心不够多，也可能是因为他从一开始就没爱过你，只不过演得很好。

你的销售业绩不好，可能是因为你的破冰能力不足，也可能是这个产品本身就没有竞争力。

问题可能出在自己身上，也可能出在任何地方。

我们只是普通人，我们没有上帝视角，往往是摔了一跤之后，才能看到原来那儿有个坑。

这还不是最糟糕的。其实社会上个人获取信息的渠道很有限，很多时候你摔了一跤，却还是看不见坑的所在。

　　就像另一次面试中，有个很优秀的应聘者面试没有通过，原因是某个权重很大的高层面试官在她陈述的时候出去接了个电话。这位面试官回来的时候，应聘者已经结束了演讲，那位高层面试官甚至都没见过应聘者一面，就随手在评分表上给了65分。

　　当时我就在现场，看着那个面试官不假思索地填上了这么个低分，没有丝毫的犹豫，表情也没有变化。的确，对他来说，这只是一个微不足道的小插曲。并且，在一秒钟之后，他就会忘记这件改变了他人命运的事情。

　　请注意，应聘者是不可能从那一条"抱歉您没有被录取"的通知短信里读到这次失败的真实原因的。世界上有很多真正的原因不会被公之于众，不会被当事人知道，何况有时就是个巧合。

　　比如在上述的那次面试中，如果那一秒我的目光没有落在那位面试官的身上，那么我也就无从得知这件事情。或者如果我不是一个写作的人，那么过几天，我就会把它忘得干干净净。

那些真正的原因，可能无足轻重到无法被称为秘密。

但偏偏就是这些细枝末节的小事，杠杆一般撬动着很多人的未来。

我们的确应该从失败中反思自己，吸取教训。但一叶障目，认为命运的一切结果都能由自己主导，一切责任都该由自己承担，这其实是一种不切实际的自大和傲慢。

成功和失败之间的变量太多，不是任何一个人可以看清的，更不是任何一个人可以决定的。

不要把所有的责难，都压在自己身上。

不要让众人的责难，压在一个人的身上。

有许多我们看不见的角落，有许多我们想象不到的原因，有许多完全没有合理的因果却正在发生的事。

所以不要只怪自己。

这世界没有那么公平。

嫁给一个人，不要嫁给一个家庭

如果真要和一个人签订婚姻的契约，我希望对我庄严许诺的是一颗真心——而不是七嘴八舌的一家人。

经常听到一句话："结婚不是两个人的结合，是两个家庭的结合。"

与此类似的还有："嫁人不是嫁给一个人，而是嫁给一个家庭。"

乍听上去很有道理，仔细一想莫名其妙。明明就是嫁给那个人，怎么就成了嫁他全家了？

这类道理盛行的背后，是家庭与家庭之间边界模糊的问题。

哪个家庭没个琐事。夫妻两人为了统一意见，尚且需要争论和磨合，如果在这当口再加上几个七嘴八舌的长辈，那么需要磨合的对象数量就从2变成了未知数n。

打个比方，结婚都要买家具。

丈夫想买真皮沙发，上档次。妻子说结婚以后想养个小动物，真皮沙发怕被宠物抓坏，还是布艺的比较好。

这时夫妻俩会就这个分歧进行商讨，最终各退一步。妻子说，养不养小动物回头再商量，丈夫说，布艺的也行，你开心就好。问题解决。

可是如果这个小小的问题，父母也介入进来，会是个什么结果？

"啊，儿媳妇要养猫啊？这怎么行呢？我跟你说，可不要养些猫啊狗啊之类的，不卫生！再说有孩子了怎么办？猫啊狗啊身上那么多细菌、寄生虫，你不怕孩子有个什么不好吗……"

这下可好。就是选个沙发的事儿，在父母介入之后，直接升级成养宠物和生孩子的问题了。接下来小夫妻要花费无数口舌，还未必能平息这个风波。

显然，当一个家庭丧失自主决策权的时候，任何鸡毛蒜皮的小事都会升级成鸡犬不宁的矛盾。而家庭自主决策权的前提，是组成家庭的两个人都是自主决策的。

如果一个人遇到任何问题的第一反应都是回家找妈妈，那么在遇到家庭问题的时候，自然也不会例外。

所以，正确的结论应该是："嫁给一个精神上还没断奶的人，就是嫁给一个家庭。"

精神没断奶的人，实在是太多了。太多的年轻家庭都和原生家庭纠缠不清，以至于文首的那句话如此流行。

错误重复一百次还是错误。不要因为一个错误时常发生，就觉得它合理。

所有准备走入婚姻的人，必须首先确立一个观念：

新家庭必须是完全独立的，必须和原生家庭划清界限。从此以后一切事务的决策权衡，都以新家庭的利益为重。

一句大道理，可能没什么代入感。还是以具体的问题为例吧，比如那个所谓的千古难题："我和你妈掉到水里你先救谁？"

黄执中老师曾在节目里提到，这类脑洞题问的不是问题本身的答案，毕竟没几个人会真的遇到这样的情况。这个问题的意义在于，问一问自己的恋人，当新家庭和旧家庭发生非此即彼的矛盾的时候，你会站在哪一方？

如果想要一段幸福的婚姻关系，想要一个正常的家庭，那么这个问题的答案其实非常明确，根本不是什么千古难题。

当然啦，有些人觉得并不是这样，他们会找出很多不断奶的理由，而且这些理由看起来都无比正确。

比如我妈身体不好，不能受气，要顺着点啊；又比如我妈多不容易，应该照顾她的感受之类的。你没法反驳这类理由，因为它们占据了完全的道德高地。

我们反驳不了道德高地的观点，但至少还有一个选择：

如果你不想从选个沙发吵到生个孩子，如果你不想婚礼上穿着土到掉渣的婚纱，如果你不想教育孩子的时候有四张嘴在同时说话，那么——

不要和精神不能独立的人结婚，把所有糟心事扼杀在萌芽状态。

看到过一个匪夷所思的新闻，一个31岁的男人，他的女朋友晚上十点半从外地出差回来，打不到车求助于他，结果他说父母管得严，十点半以后是不能出门的，让她自己去肯德基或麦当劳坐着等车。

一个31岁的男人还要遵守父母的门禁制度显然极为反常，也必定会遭到身边朋友的不理解和嘲笑。在众人反对的环境下他依然服从至今，必然是因为给自己找到了服从的借口，不过就是父母身体不好呀、不能争执呀、养育之恩多不容易呀之类的。

他的道理都对，所有反驳都难逃不孝的帽子。但如果女孩和这样的人共同生活，可以想见她的婚姻会是什么样的。我们能做的，只有远离这样的人，让他在自己的正确道理中孤独终老。

精神独立，是一个人组建新家庭的前提条件。一个人是不是"妈宝"，是独立思考还是没断奶，其实恋爱的时候就能看出来。还没结婚的朋友们，多留点心吧。

还是那句话，双方的争执必定有一方委屈。父母是玻璃心，受不得委屈，那总要有人受委屈啊，你猜那个人是谁？

对,婚姻并不是什么牢不可破的神圣存在。

但如果真要签订一个漫长的契约,我希望对我庄严许诺的是一个人的真心,而不是七嘴八舌的一家子。

那样太吵了。

血汗写字楼

有人说今天的写字楼就是从前的工厂,白领和从前的流水线工人没有区别。

有区别的。

工人们可以下班。

有人说今天的写字楼就是从前的工厂,白领和从前的流水线工人没有区别。

有区别的。

工人们可以下班。

白领们……

并不是工厂老板比较心慈手软,而是离开了工作场所,工人客观上就和工作切断了联系。你不可能晚上十点给一个车间工人发微信，让他在宿舍里搬好厂子里的模具。

无论时间长短，工人至少可以拥有纯粹的、没有后顾之忧的喘息时间。

但随着计算机和互联网的普及，办公室工作可以在任何地方完成，领导们更是动动手指就能找到下属。所谓"白领"们都有下班时间收到工作任务，然后翻出电脑加班的体验。当然，在家里劳动是不可能有加班费的。

无论收到消息的你在玩手机、打游戏还是看电影，响起的手机铃声就像毒蛇一样，保证毁掉你一晚上的好心情。

甚至不少公司还规定无论什么时间都必须秒回工作信息。那下班和上班还有什么区别？

工作和个人生活完全没有边界感。

可能大家已经习惯了，但习惯并不代表正确。

有这样一个故事，某个住阁楼的人每天半夜回来脱靴子时，总是砰砰两声丢在地上，总要把楼下的人吵醒。楼下的住户找他理论，第二天晚上他扔了一只靴子之后想起这会吵到楼下住户，于是轻轻放下了第二只靴子。

清晨，楼下的人一脸抓狂地拍门：你什么时候扔第二只靴子，我一夜没睡，等得要疯了。

靴子随时可能落地，但你无法知道它什么时候落地，这才是最压抑的地方。

你不知道在家玩手机或者看电影的哪一秒钟，手机会忽然响起，把一天仅存的放松状态绞得粉碎。

手机就像一条把人永远拴在办公室的锁链，无论员工身处何地，工作压力都能够如影随形。

于是人们的神经像一根永远紧绷的皮筋，永远不得放松。一根根皮筋满是裂纹，还有一些就这么绷断了——抑郁症，或者过劳死。

老板们不在乎。他们不屑道：爱干不干，有的是人干。

我一度不理解这件事：很多明明可以第二天上班安排的工作，为什么非要半夜在工作群里安排？

这样并没有创造任何价值，却在团队内产生了大量的情绪损耗，显然不划算。

后来我意识到，比起在合理的工作时间发号施令，老板们更享受在不合理的时间要求"加班",但对方就是无可奈何的权力快感。

至于员工的感受?

现行的职场规则并不在乎"人"的感受如何。

我们在公交上不小心踩了人,会说对不起。

我们在路上拦住人问路,会说打扰了。

我们在地铁上往车门挤,会说不好意思。

我们从小被教育要有礼貌,要尊重每一个人,给别人添了麻烦要心怀歉意。

可到了职场,却发现没人在乎"人"的感受了。

所有人的注意力都集中在KPI、项目进展、公司营收、"面子"或"享受权利"这些虚拟的事上,为了这些,可以给人肆无忌惮地增加压力,可以随意给人添麻烦。

工作和生活没有分界,下班的私人时间要求员工随时回复消息、随时待命工作,这在很多行业已经是家常便饭。

到处流传这样一个说法:老板不能随便辱骂一个无牵无

挂的90后，不然他分分钟辞职给你看，但可以肆意辱骂一个有房贷、有妻儿的中年人，因为他不敢辞职。

老板们只担心肆意辱骂之后有没有人手"完成工作"，却不愿意花时间考虑那个中年人的感受。

还有职场酒文化。强迫新人应酬喝酒成了职场权力的最好舞台。你越是说自己不能喝，他们就越来劲。并且别忘了，这一切都发生在属于个人的下班时间。

"人的感受"成了最无关紧要的事。

这和在公交车上踩了别人脚就要道歉的，是同一个世界吗？

掌握权力的人肆无忌惮地践踏他人的生活，同时也被权力更大的人肆无忌惮地践踏。

这几乎是当今的职场常态，很难找到一个行业能够将工作和个人生活进行切割。

无处可逃。

会有很多人说这是没办法的事，公司要生存只能这样高强度地压榨员工，只能把员工的尊严和生活踩在脚底。就像有人会说，给工人交社保，工厂就会倒闭，所以做不到一样。

世间事千头万绪，任何行为都能找到借口。我们只能看清是非对错，然后坚定地站在正确的一方。

如果保障工人的法定权利就会导致工厂倒闭，那我们只能说这家工厂原本就实力不足。

同样，如果一个社会的职场环境只能以压榨人的生活，无视人的尊严，以无数人的亚健康、抑郁甚至过劳死作为维持发展的代价，那么错的就是这样的职场环境，无论它的存在多么普遍。

喊了多少遍"以人为本"的口号，可职场上形容"人"的却还是"社畜"一词。

大家应该也发现了，这个世界没有道理可讲。

活着太累了。

总裁和渔夫

渔夫坐在海滩边,喝着小酒看日落。

总裁站在办公室的落地窗前,看城市夜晚的霓虹。

这两种人生,哪一种更快乐?

1

"我们上那么多年学,熬那么多夜,做那么多习题,顶着各种各样的压力参加残酷的高考,然后上大学,谈恋爱,分手,找工作,加班。我们这么辛苦,竟然是为了成为一个普通人。"

这是很多年轻人的感叹,感叹自己付出了如此的艰辛,却没换来预期的美好生活,仿佛扛过的一切都白费了似的。

不是这样的。

我们上学的时候,身边的普通人是"同学"。

上了大学,身边的普通人变成"大学生"。

找了一份工作,身边的普通人又变成"职场人"。

随着我们的不断成长,"普通人"的标准也一再变化。

今天我们说的"普通人",和从前我们说的"普通人",是截然不同的两种参照。

举一个非常不接地气的例子。

我有个发小,八年前和女朋友到北京闯荡。他们租了一个很小的单间,每天坐两个小时的地铁去上班,昏天黑地地加班,梦想着在寸土寸金的北京能有属于自己的家。

2018年,他们结了婚,靠这些年奋斗的积蓄贷款买了房。在小宝宝出生的今年,小两口的年收入已经超过了八十万。

当初在北京成家立业的梦想已经悄然实现了。

在我的朋友中,他是收入最高的一位。我们常常做白日梦说要是有钱了就如何如何，他正是实现了这个白日梦的例子。

但是，这位我们眼里的"有钱人"，也是我身边焦虑情绪最严重的人。

我常常觉得他的生活离我很遥远，因为他总是频繁提起诸如今晚应酬的客户年薪百万，上周聊的投资人年薪百万云云，以至于我产生了互联网圈跟我们不是同一个"货币单位"的错觉。

谈到这些，他总是叹气，说看不见自己的出路在哪里，沉重的语气显然是发自内心的焦急和担忧。

我说你的事业已经很出色了，薪水也比大多数人多得多，对比的时候能不能套用一下普通人的标准。

他说，可是我身边的普通人就是年薪几十万的啊。

以上对话来回重复若干次，谁也说不服谁。

而他的目标，也从之前的在北京安家，变成了换一套大房子、让孩子上国际学校这类更需要巨额金钱的项目——因为身边的"普通人"也都拥有这些。

凭排在人群前1%的高收入，他这类人原本是完全无须焦虑的，但事实完全相反。

熬了很多夜，加了很多班，没有成长吗？当然不是。

问题在于，"普通人"的标准随着自己的成长，水涨船高。

所有人都在焦虑，是因为所有人都在和别人比。

解决办法也很简单，不要和别人比，和自己比，和想象中这些年什么都没努力的自己比。

有一位被裁员后选择送外卖的北大硕士，就看到了另一群"普通人"的艰辛。当他体验过为了赶时间摔倒在雪地里的狼狈之后，之前坐在办公室里担忧"上升空间"之类的焦虑，被冲淡了不少。

而我自己，无论是想起工厂里当学徒的自己，还是毕业那年加油站工人1700元的月薪，也就能平复一个年薪四十万的朋友贩卖焦虑带来的心慌。

我们上那么多年学，熬那么多夜，做那么多习题，顶着各种各样的压力参加残酷的高考，然后上大学，谈恋爱，分手，找工作，加班。

我们这么辛苦，是为了让自己成为过得更好的"普通人"，这一切是没有白费的。

如今大家都有了各自的阅历，不妨静下心来想一想，如果当初的自己没有熬夜做习题，没考上高中和大学，没有努力工作，那么今天的处境又会如何。

不必有那些灰心的情绪。一切艰辛都有意义，一切付出都会有回报。

这意义和回报，只能体现在针对自己的纵向比较上。

一旦开始和别人对比，那得出的唯一结论只能是"我被同龄人抛下了"。

因为无论你是谁，世界上一定有比你过得好的人——更准确地说，世界上一定有"你以为"比你过得好的人。

在老家没找到好工作的，羡慕工资比自己高的同学。那些工资高的同学，羡慕朝九晚五、旱涝保收的考上公务员的同学。考上公务员的同学，又羡慕留在大城市拿着几十万年薪的同学……

为什么说这种对比毫无意义呢,因为——

在大城市拿着几十万年薪,却被房贷捆绑得没有逃离选项的人,也在羡慕老家无贷一身轻,每天回家有一口热饭吃的日子。

人与人比较的维度是不同的。

无论在领域内取得了多大的成绩,也无论生活质量客观上超过了群体的百分之多少,任何人的生活都必然有缺憾的部分;而与他人对比的时候,人总是用自己的缺憾去参照他人的满足。

如此一来,人必然会陷入焦虑,必然会陷入压抑的情绪,必然会陷入无休止的自我质疑。

忽略成长导致的参照系的变化,一味单纯和其他人比较,就必然会产生一切努力都白费的虚无感。

焦虑和痛苦,来自"怎么有人过得比我好",来自"我要证明我胜过了身边的所有人"。

你不可能证明这一点,因为生活总是有缺憾的。在你觉得缺憾的那个方面,也必然会有很多人过得比你好。

无休止的对比唯一能获得的,是无休止的自我折磨。

2

有个渔夫,三天打鱼两天晒网,最喜欢的事是喝着小酒看日落。

这两天,渔夫用木头茅草搭了个新屋子。他站在新屋子门前,擦了擦汗,觉得很有成就感。

有个老板,年轻时就出来创业,一直拖着疲惫的身体"007",每天都要忍受一身的病痛。

好在事业还算顺遂。这一天,公司新的办公大楼总算落成了。

他站在总裁办公室的落地窗前,看着夜晚的城市霓虹闪烁,觉得很有成就感。

这两种人生,哪一种更快乐?

见仁见智吧。

但我有一种办法,能让两个人都变得不快乐。

那就是让他们互相看见对方的生活。

"中国式父母"的傲慢

如今作为成年人,我大概理解了这一类父母的生活轨迹。在公司唯唯诺诺,对老板点头哈腰,回到家里摇身一变,对着孩子过一把老板颐指气使的瘾。

只不过员工不听话,老板可以扣工资,那孩子不听话,父母能怎么办呢?

答案是,找到孩子最珍视的东西,然后毁掉它。

中国式父母最大的特点,是莫名其妙的傲慢。

无视人的意愿,无视人的心血,无视人的尊严。明明只是个普通人,偏偏有我即真理的自信。

"别人能行,你一定也行",这句捧杀从小学开始一直伴随我到大学。

大概从初中开始，我就发现每个人在不同领域的天赋差异之大，说一句彼之蜜糖我之砒霜恐怕都不为过。

我觉得语文书很有意思，每次开学发新课本，第一件事就是翻翻语文书，看看有什么好故事。

但数学却让我望而却步，完全不明白为什么都认识的字组合在一起就成了天书。老师说一句"易得"，全班同学都在点头，只有我茫然地望着黑板。

当我就此找同学诉苦的时候，却发现同学的处境和我正好相反——数学令他甘之如饴，因为一法通万法通，只要理解了就什么都会了。

而语文书上那些故事并不能引起他的任何兴趣，必须背诵的烦躁更令他几近抓狂。

我们的文理科成绩自然拉开了距离。无论多么坚强的毅力，多么认真的努力，都不能让泥泞里行走的人追上公路上飞驰的汽车。

天赋决定效率，而每个人的时间有限，结果自然有很大的不同。

我认为是一件非常容易理解的事情——也是必须理解的事情，因为它是客观存在的事实。但父母不这么认为。

他们觉得世界应该遵循他们认为的规则，他们觉得自己就是规则。

他们认为努力必然有结果，就该有收获。

不知道作为凡人，是哪来的言出法随的自信。

当我试图告知父母客观存在的差距时，他们就像忽然听不懂汉语了一样。

我费尽口舌举了上文所说的例子之后，他们还是那句话：

"为什么别人能行，就你不行？"

小时候我特别不理解，难道成年人的世界竟然如此励志，职场充斥着"我要成功就能成功"的成功学式梦想？

直到今天，我自己也成了大人。

成年人并没有孩子想象的那么强大。恰恰相反，成年人的生活里充斥着更多的压迫和无奈。

有人月薪十万，有人月薪一千。有人坐地收租，有人流落街头。有人哼着歌儿平步青云，有人日夜加班却看不见出路。

世界上有的是别人做得到而我做不到的事，有的是出生在罗马的人，有的是无可奈何的叹息。

不得不为了生存打拼的父母，本该比孩子更明白这一点。

也正是因为如此，我才更迷惑于父母的莫名其妙的不知从何而来的自信。

"别人行，你一定也行！"

难道他们被社会毒打得还不够彻底？

他们的意思是，如果没有追上汽车，唯一的原因是你没有努力奔跑。至于别人为什么有汽车，他们不想知道，也不想听。

你不如别人，就是你的问题，一定是你的问题。

湖南卫视的某一期《少年说》节目中，有个女孩登上天台，对着操场上所有的老师、同学控诉自己的父亲。

这些年小姑娘写下了的三十多万字的小说，被父亲亲手撕毁。

作为父亲,他理直气壮,绝不反思,哪怕在大庭广众之下,哪怕面对着镜头,都能昂然自得。

人总是会藏拙的,这样的场景都不能让他反思,这位父亲的确是发自内心的自信。

作为文字工作者,我明白一本小说从构思到成篇需要付出多少个日夜的心血。作品是和作者血脉相连的,毁掉作品就是毁掉一个人的精神。

正如女孩所言,"我感觉就像失去了灵魂一样"。

而在她亲生父亲的眼里,所有这些心血都没有一点价值,是可以随手毁弃的东西。

他居然可以面对着几百人和镜头说出"别人能行,你也行""等数学成绩提上去,我们再商定一下能不能写作"这种话。

他甚至还在笑。

在所有人或愤怒或疑惑的目光注视之下,他还在笑。

作为一个成年人,理解人力有时而穷,理解术业有专攻,有这么难吗?

作为一个成年人,理解一个人花费心血的劳动成果是多么宝贵,有这么难吗?

作为一个成年人,在职场打拼过的成年人,难道竟然会相信努力必然会有收获?

明明只是一个普通人,在社会上遭受过挫折和失败的普通人,为什么能如此理所当然地、自然而然地觉得自己的观念绝不需要反思,认为自己永远正确?

他们总说,"你长大就懂了"。

如今作为成年人,我大概理解了这一类父母的生活轨迹。在公司唯唯诺诺,对老板点头哈腰,回到家里摇身一变,对着孩子过一把颐指气使的瘾。

什么别人可以只有你不行,什么只看过程不看结果,甚至什么感恩公司、感恩福报,老板嘴里那些鸡汤换了个花样,又用在孩子身上。

只不过员工不听话,老板可以扣工资,那孩子不听话,该怎么办呢?

找到孩子最珍视的东西,然后毁掉它。

我是父母,我可以为所欲为,反正孩子是不能拿我怎么样的。

三十万字的心血,撕了。
六年积攒灵感的笔记本,烧了。

孩子上台控诉,父亲笑着说等你听话了,我再赏赐你写作的资格。

孩子绝望了,绝食了,那位烧掉女儿六年灵感笔记的母亲上网发帖"求助"说,"本子都已经烧了,这也是她成绩下降的原因啊"。

反正孩子也不能把自己怎么样。这是唯一可以为所欲为的地方。

社会上总有人说,我才是规则的制定者,所以我觉得应该怎样,你就该怎样。

老板说,加班是福报。什么身体健康,什么陪伴家庭,一文不值。

长辈亲戚说,女人就该结婚生子。什么自我实现,什么多元价值,一文不值。

每个人都没有尊严，每个人都处在压榨的链条中。

有些人不服气，并不认为这是不对的，只是也想过一把"我说了算"的瘾。

他们把目光投向了自己的孩子，投向了唯一比自己弱小的人。

"我生你养你，当然我说了算。"

人的意愿被无视，心血被毁弃，尊严被践踏。

"人"字被狠狠踩在脚底，这个事实贯穿了普通人的一生——

就连年幼的孩子，都不能幸免。

死于大海的流浪

我这样的放羊娃,大概只能死于床榻。

但是,那些生于大海死于大海的流浪,永远是我的信仰。

人性的本能,是倾向"规避风险",还是追逐"冒险的刺激感"?

对于多数人而言,应该是前者。

在过去几年里,我身边的同龄人中有很大比例选择考公务员、进入事业单位和当教师。

没有选择上述出路的朋友,也都找了份工作朝九晚五,包括我。

找一份工作的确是长期维持生计的最有效策略。为此,最"稳定"的公务员,每年的考试都人满为患。

所有的上班族里,喜欢自己工作的人寥寥无几。

我们知道,一天里一半的时间是被工作占据的。

选择一份不喜欢的工作,意味着生命中过半的体验都是压抑的,更不要说成就感和自我实现了。

这一点本该是致命的问题,却并未影响上班族们的决定。

因为普通人的选择与其说是趋利,不如说是避害,两害相权取其轻。

"没办法活下去"的风险,是绝大多数人首先试图规避的。

所以,只是"稳定收入"这一项优势,就压倒了热爱、情绪、自由、自我实现等。

而这部分人还是年轻人,理论上还处于最有棱角的年纪。

据此来看,人性的确是倾向规避风险的。

只不过,一个显而易见的道理:任何选择都有代价。

"稳定"的代价,就是无限的、重复的、一眼看到尽头的循环。

希腊神话中，西西弗斯触怒了众神。为了惩罚他，诸神要求西西弗斯把一块巨石推上山顶。巨石到达山顶又会滚落到山脚，前功尽弃。

西西弗斯只能重新开始，使这个过程永无止境地循环下去。他的生命就在这样没有希望的重复劳动中消耗殆尽。

世界上有的是见血的不见血的酷刑，但没有希望的循环被诸神认为是所有刑罚里最残酷的一种。

可是，一份每天重复劳动的工作，每天没有变化的循环，岂不正是很多职场人最残酷无望的人生？

我也做着不喜欢的工作，我的生活也是日复一日的重复。我无意为自己辩护，所有的压抑都是我自己的选择。

为了说服自己不要冒险，我想过很多的理由。

比如我没有能养活自己的学识和才华，比如疫情期间有份工作就不容易，比如能够一眼望到头在寒冬里已经是很好的结果。

这些或许是事实，但也是我为自己寻找的借口。

日复一日没有希望的循环，神认为最残忍的刑罚，就是我为了"规避风险"付出的代价。

所以，我越是不堪忍受重复和循环的人生，就越是羡慕有勇气冒险的人。

我羡慕他们能抛却过往，羡慕他们不担忧未来，羡慕他们敢于赌上一切只为了今天此刻的体验，羡慕他们不怕失去拥有的东西。

我在西门町遇到过一对恋人，以街头卖唱为生。女的已经怀孕七个月，她说希望自己的孩子也能喜欢音乐。

我在夜市上遇到过一个卖柳橙汁的女孩子，大学毕业，能用四国语言与各种游客流利地对话。她不愿上班，不愿坐在办公室里。她说这里的日子更有烟火气，身边的人都很开心。

我在大学门口遇到过一位发传单做市场调查的女生，一问之下才知道她不是打暑假工的大学生，而是一家公司的创始合伙人。她说家里人都不支持她创业，但她想要一段和别人不一样的生活。如果很努力了还是赚不到钱，再随波逐流也不迟啊。

在很多人的眼里，在夜市卖柳橙汁，在街头唱歌，或者摸着石头创业，显然是"不稳定"的选择。

按照那些"你的同龄人正在抛弃你"之类的观点，人更应该抓住每分每秒"提升自己""努力上进"。每天加班都要思考今天提升了多少，何况唱歌和卖橙汁？

还好这个世界不是每个人都功利地思考怎么活。

否则酒吧里、夜市上空空荡荡，所有人都在办公室里点头哈腰。

2020年5月，张家界天门山有个翼装飞行的女孩出了事，网上有很多每天重复过日子的人嘲讽她。他们说人就不应该尝试危险的事情，人就该追求安稳，那些折腾"没有意义"。

他们说，人好好活着就行了，没必要折腾那些有的没的。

好，那么不妨再问得清楚一些——

活着有什么意义？

权力，金钱，爱情，自由？还是每天能吃一口饱饭？

概而论之，活着的意义在于"体验"。

以上种种，都是获得体验的手段而已。

而冒险，对于某一类人来说是无法抑制的冲动，是最完美的体验。

曾有人在身上绑了个火箭就想飞翔，有人骑上马驰向地图边缘的方向，有人向一无所知的海平线远航。

如今，依然有很多人在峭壁上攀爬，在天空中翱翔，甚至不惜牺牲生命，也要徒步把旗帜插上珠穆朗玛峰的峰顶。

即便是平凡人中也有冒险家。他们或放弃稳定的工作在街头歌唱，或背起背包想要踏遍山川，或无视一切劝阻坚守爱情，或穷尽家当开张创业……他们都在冒险。

对于那些选择冒险的人，与其说是为了什么人类文明的探索，不如说只是为了自己的冲动。

但正是因为这些冲动的存在，我们的文明才一路走到了今天。

如果一切冲动都要计算回报，一切冒险都要纠结"有没有价值"，那么那些登山队员、极地的探险家、海洋和天空的探索者……都要被质问一句"这有什么意义"？

噢，难怪有那么多的人说，爱情没有意义。

对他们来说，任何一个动作都必须可以换算成物质，才算有意义。

有个笑话，一个人问山上的小孩为什么要放羊。小孩说，放羊为了赚钱，赚钱为了娶媳妇，娶媳妇为了生孩子。生孩子又为了什么？

"放羊。"

这笑话没能让我笑出来，因为我的生活也并无什么不同。

我这样的"放羊娃"，大概只能死于床榻。

但是，那些生于大海死于大海的流浪，永远是我的信仰。

执念

陷入绝望的时候,恨,可能会成为拯救自己的唯一动力。

就算负能量,也是能量。

还能有色彩浓烈的情绪,总好过迷失、放弃和沉沦。

1

有一个女孩子,刚出生就被父母卖给了别人。

七岁的时候,父母又把她买了回来当佣人,因为家里原来的佣人嫁人了。

七岁的小女孩要承担五口之家的所有家务,凌晨四点必须起床。因为身高够不着灶台,只能踩在小凳上做饭。

因为力气太小,做不好事,动辄遭到父母的打骂。

她想上学,父母说女孩子读什么书。

她还是想上学,父母就专门挑学校考试的那天让她洗床单,让她因为缺考被学校开除。

十七岁的时候,父母准备把她嫁人换聘礼。开价五百大洋,哪怕上门的是七八十岁的老头都来者不拒,只要出得起钱。

五十一年后,当年那个女孩子给我讲了这个故事。

女孩是我的奶奶。讲故事的那年,她六十八岁。

奶奶很瘦小,有些驼背,平时是个很和气的老人。

我从小在奶奶家长大。奶奶一天可以问我十次饿不饿,说想吃什么奶奶给你做。没有家务的时候,她喜欢坐在电视机前看《还珠格格》和《情深深雨蒙蒙》,随着剧情或高兴,或难过。

只有说起那些往事时,奶奶慈祥的表情才会消失不见。讲故事的老人看着我,目光却停留在半个世纪前的回忆里,蕴藏着冰冷又浓烈的情绪。

那是我人生中第一次体会到刻骨铭心的恨意——来自一

个满头白发老人的恨意。

对于痛苦的回忆、受过的伤害,很多人说要放下。

很多"正能量"的电视节目也喜欢这个戏码。当年遗弃孩子的父母又想把孩子找回来,双方相拥而泣,主持人热泪盈眶。

他们说时间是一切的解药,他们说要放下。

而在我的家里,半个世纪过去了,浑身伤痕的小女孩变成了另一个孩子的祖母。

时间不是解药。

她没有放下。

2

世界上的很多事,都是轮回。

很多人也喜欢把自己的错误,归结为原生家庭的阴影。

一个人从小被父母毒打,成为父母之后,很可能继续打自己的孩子。

一个女孩成长在重男轻女的家庭,成人以后也会歧视自己的女儿。

被婆婆处处刁难的媳妇，有朝一日也会刁难自己的儿媳。

弱者抽刀向弱者的轮回，每天都在上演。

被父母毒打的孩子，被家人歧视的女孩，被婆婆刁难的媳妇，心里当然是有过恨的。

但所有人都在告诉他们，这个世界的规则就是这样的，一个人的一生就是这样的，"大家都是这么过来的"，所以你的恨是不对的。

所有人都在说，你要放下，不要让负面情绪折磨自己。

是啊，整个世界都站在自己的对面，不放下还能怎么样呢？

于是恨被遗忘了。和它一起被遗忘的，还有作为受害者的感受和心情。

体会不到弱者的处境，强权和压迫就免去了负罪感。忘却了恨意的人们，渐渐尝到了"放下"之后的甜头。

因为今非昔比了，媳妇熬成了婆，再也不需要变回受害者。

我的奶奶是一个很特别的人，她什么都没有忘。

她记得身为女性受到的白眼，记得踩着凳子才够得着的灶台，记得考试当天的凌晨永远洗不完的床单，记得自己说多么想读书的时候，父母和兄长嘲讽的笑容。

后来，我的父亲一路读到了大学。

在我还不够上学的年纪，奶奶就总是说要好好读书。

我带女朋友去看望她的时候，久未下厨的奶奶端上了一碗热气腾腾的面，那是我回家都没有的待遇。

因为没有忘记，所以不希望后来的人重复她的痛苦。

是的，当年的女孩如今头发白了，身体佝偻了，眼角也有了细碎的纹路。

但这一次，媳妇没有熬成婆。

3

今天校园里的我们，生活在一个稳定的社会环境。我们都知道将来的自己要面临高考，我们为了学业做出的所有努力都有一个明确的目标。

而奶奶出生在1949年以前，社会动荡不安，谁也不知道以后的自己会怎么样。

她自己都不知道忤逆父母拼了命地学习是为了什么，也不知道那些辛苦能不能有兑现成果的机会。

她最初的动机，只是想证明父母错了，想证明女孩也能读书，想要为自己争一口气。

父母的每一次谩骂和毒打，本来是为了阻碍她读书，却反而一次次坚定了她的执念。靠着永不向父母低头的恨意，奶奶才坚持到了看见曙光的一天。

1949年，就在父母开价五百大洋准备卖掉她的那一年，奶奶认识了爷爷。

年轻的夫妻俩选择了参军，加入了当时刚刚组建的新疆生产建设兵团，凭借的是那个年代非常罕见的技能——识字。

趴在教室窗外的每一个白天，偷偷看书识字的每一个夜晚，面对冷嘲热讽的每一次坚持，在十七岁这一年，终于开花结果。

在奶奶的故事里，关于她父母的一切信息，到此为止。

她终于实现了自己的梦想，和这个家断绝关系。

陷入绝望的时候，恨可能会成为拯救自己的唯一动力。

就算负能量，也是能量。

还能有色彩浓烈的情绪，总好过迷失、放弃和沉沦。

4

我收到过很多倾诉自己童年阴影的私信。末了读者们问我，应该怎么办。

我能理解那些黑色的回忆蚕食理智的能力，我也不认为人应该忘却过往。

只是，如果你心中依然有恨，请确保它灼伤的是伤害你的人和观念，而不是比你更弱小的同类。

复仇的，是勇士。泄愤的，只是懦夫。

另外，如果你依然没能走出原生家庭的泥潭，那么恨或许更不是一个坏事。

如果真的没有人能帮助你，放眼望去的黑暗中没有一点光明，那么心中的恨意和不甘，或许能成为绝境中不放弃努力的唯一动力。

负面的情绪，也是情绪，是有温度地活着的证明。

相信我，每个孩子都会长大的，每个孩子都会自由的。

只要等到那一天。

只要撑到那一天。

代价

从来没有什么"没办法"。无论什么结果,都是自己选的。

就看你把什么看作收获,什么看作代价。

1

这个故事,是关于一段不被父母祝福的婚姻。

主人公是初中时候的小组长,一个文文静静的女孩。

大三的时候,组长同学谈了个男朋友。

其实男方的条件还算不错,创业开公司,在省城房车都有,无贷款,也没什么不良嗜好,晚上十点就睡觉的那种。

可女孩的父母就是反对,各种挑刺。

一吵起来就只有"我都是为你好""你以后就懂了"那三板斧，一味地胡搅蛮缠。甚至女孩的男友提着礼物上门，也被赶了出去。

双方僵持了三年。

当女孩提出要结婚的时候，父母终于祭出了熟悉的套路："再不分手就断绝关系。"

和很多故事不同的是，女孩说：好，如你们所愿。

她拿了户口本，瞒着父母和男孩领了证，随后搬出了家，包括春节在内，再也没有回过家。

她一直隐忍到大学毕业当上了老师，有了稳定的工作和收入之后，才付诸行动。

其实男方的收入足够家里用度，新家庭在经济上并无压力，但我觉得这样的选择很好。

当然有代价。

代价正是那些威胁"断绝关系"的父母吃准了子女不敢承担的后果。

父母不出席，婚礼也就没办。三姑六婆听说之后，各种忤逆不孝的帽子也一个一个地扣上来。

可是又怎么样呢？反正这些人已经被切割在生活之外，什么影响也造成不了。

夫妻的感情一直很好，但故事还没有结束。

三年前夫妻生了一个小宝宝，父母终于放下高高在上的架子，希望她能带孩子回家看看。

女孩带着孩子和丈夫回了家，一家人围着孩子其乐融融。父母热情地挽留夫妻俩留下吃饭，仿佛过去许多年的威胁和恶言都不存在一样。

夫妻俩自然也笑着陪话，过去的事情就过去好了。

如今已经过去了七年，这段"不被父母祝福"的婚姻至今美满和谐。

2

很多人说，"不被父母祝福的婚姻一定不幸福"。其实这种情况包含着两种可能性。

一种可能是，子女的恋人的确存在一些非常明显的问题，比如游手好闲、有暴力倾向等。这时知情的所有人，包括父母、同学、同事、朋友都会劝阻。

这劝阻是任何思维正常的人都会做出的判断，人并不是非得有"过来人的人生经验"才能有脑子的。

这种情况的结论，应该是"被周围所有人反对的婚姻，大概率存在问题"。倒也不必单拎出来证明父母永远正确。

相较而言，另一种情况更加多见：

由于父母的干扰和纠缠，导致原本幸福的婚姻变得"不幸福"，甚至分手。

"父母不祝福"，子女又没有与之"切割"的决心，才是造成婚姻问题的根源。

比如上文的故事中，如果女孩和父母没有断绝来往，任由父母对丈夫频频恶语相加，导致夫妻间负面情绪不断，那么这就又是一个"不被父母祝福所以婚姻不幸"的例子。

甚至,如果她没能在威胁面前果断逃离,那她之后的美满生活就都是一场空,说不定在痛失所爱之后,还要陷入被逼婚的境地。

很多人都说,感情必须经过父母的同意,父母不祝福就不幸福。

这是我一直不理解的事情。为什么成年人的选择非要其他人的认证呢?

感情是两个人的事情,为什么非要第三个人的祝福才能存续呢?

我们听过多少婆媳矛盾,多少家庭纷争,在很多情况下"第三人"就是来横插一脚制造矛盾的,为什么还放任他们插手呢?

3

这时候就有人说了,你不懂父母造成的压力,中国的家庭环境就是这样,父母会生气,说自己不孝,或者有什么其他后果。

我们先不提"从来如此便对吗"这个问题,就说个最浅显直白的道理:

人出门买东西的时候,是不是要付钱?

是不是东西越珍贵,用来交换的代价就越多?

想考上好学校,就得努力读书,忍受学习的枯燥,这个大家都知道。

想多挣钱,就得多加班做事,为此只能放弃娱乐,甚至放弃陪伴家人的时间,这个大家也认同。

但想要美满婚姻、一生幸福这个最珍贵的东西,很多人却一反常态,不愿意支付任何代价。

他们最好不选择也不牺牲,父母也不得罪,爱人也不得罪,轻松坐享一生幸福。

世上哪有这种好事?

很多人两手一摊做无辜状:那可是父母啊,父母反对有什么办法?

呵呵。

所有的"没办法",都是不愿意支付代价的托词。

如果你不愿意承受工作的辛苦,不能经济独立,那你当然只能唯父母是从。

如果你的价值排序里,原生家庭比伴侣更重要,非要父母认可自己,那么你也就付不起收获爱情的代价。

当然,乖孩子能收获父母一生的庇护,但这是牺牲自由交换来的收益,也是人权衡之下的选择。

当然有的选,怎么会没得选呢?

另外,我想说明一个问题:所谓"断绝关系"的威胁,根本就是空话。

父母、子女是法定的社会关系,血缘更是客观存在的既成事实。无论谁以什么身份说多少次断绝关系,到了赡养年龄,子女还是要依法赡养父母,根本就不存在所谓断绝的可能性。

人无法断绝一个法律义务,人更无法随意抹去血缘关系。动辄以断绝关系要挟的父母，犯的还是那个老毛病——以为什么事都能自己说了算。

所以，在父母干涉子女婚姻的情况中，子女面对的选择并不是失去父母或失去爱人的二选一。

我们面对的选择是：

做一个独立的成年人，守护自己的爱人，承担生存压力和道德审判；或者做一个听话的乖孩子，放弃自己的爱人，获得父母亲戚的庇护和赞许。

选的是自己的人生，而不是别人的。

从来没有什么"没办法"。无论什么结果，都是自己选的。

就看你把什么看作收获，什么看作代价。

所谓"父母反对我没办法"，只不过是没有脸面说出"你没我妈重要"而找来的托词罢了。

还是爱自己比较划算

我们说海枯石烂,我们说此心不渝,但我们更爱自己。

大家都很聪明。

在这个总要有一个人牺牲的过程中,我们发现,还是牺牲掉这段爱情比较划算。

朋友讲了个故事给我听。

他大学有一个同学谈了四年的恋爱,和女友恩爱非常。毕业前两个人商量好一起留在城市发展。大家都很羡慕。

没想到毕业临近,两人突然分手。

原因很是令人意外——男孩报名参加了老家的公务员考试。

据男孩说,那只是一场重在参与的裸考,是想用"我试过了考不上"挡住父母的压力，然后过自己的人生。可让人迷惑的是，在笔试和面试中，他显然尽了全力。

因为他考上了。公务员考试的难度显然不至于低到有意考砸都能考过的程度。

男孩考上了一个有五年服务期的、录取就必须到岗的岗位，如果不报到，五年内就不能再考。

后来的结局就不用多说了。男孩回老家上班，女孩也离开了他。男孩得知自己录取时暴跳如雷，大骂命运弄人，但最终还是选择了回家上班。

他是真心不希望自己考上，这样既可以说服父母，也能让自己的选择不留遗憾。

但天不遂人愿。

几年后他回首往事，神色落寞萧索。他说没有和女孩在一起，是一生的遗憾。

可你有的选啊，你明明有的选的。哪怕走错了前面的所有路，到了录取的结果公布之后，"暴跳如雷"的时候，你还是有的选的。

只要牺牲一点东西，你无比珍视的爱情就回来了。

你不愿意。

然后再为失去爱情百转愁肠。

我们身边有一种常见的分手模式。比如一方要出国，一方在国内，分手；或者一方回老家，一方要北漂，分手。

所有这些故事都有一个共同点：在大多数人眼里，当爱情和更好的人生冲突的时候，大家都会选择更好的人生。

然后很多年后，我们这些功利主义分子会一脸沉痛地回首往事，感伤逝去的青春，就好像分离是无法对抗的天命似的。

有很多事是天命，但这种分离不是。这是我们自己选的。

有人说人性利己，我不反对。但这不只是与生俱来的人性，我们是被后天训练成这样的。

在我们学习世界的规则、形成人生观的少年时期，说到恋爱，老师、家长、社会舆论都众口一词：

反对，因为早恋会"影响学习"。

恋爱对学习的影响是正面还是负面，有待商榷，这里先不讨论。至少可以确定的是，我们从小接受的教育就告诉我们：

学习比恋爱重要。

即"我自己的人生"比"两个人的爱情"重要。

如果爱情可能会对自己的未来有不好的影响，我们就该把爱情掐死在襁褓里。

所有人都反对早恋，所有人都觉得这理所当然。

问题在于，道理是通用的。

如果少年的爱情理应让位给现实和利益，那成年人的爱情不是也一样吗？

少年鸳鸯们被纷纷拆散，大人告诉孩子们，等你们长大了就可以恋爱了。

但无论大人还是孩子都没有想到，"爱情为功利让位"的观念一旦种下，会收获一大批深谙利己主义的成年人以及整齐划一的分手模式。

学习是为了自己，不能被感情耽误。那出国深造，考公务员同样是为了自己，自然也不能被感情耽误。只要是对自己有利的事，都不能被感情耽误。

可感情这个东西，是属于两个人的。那另一个人，那个和你约好牵着手走向未来的、傻乎乎的、没有那么聪明的人，怎么办呢？

那没办法了。我也痛哭流涕，我也心痛如绞，我也满怀歉意，都是真心的。

但无论如何，我的"学习"一定不能被影响了，我的"学习"一定是要比你的"痛苦"重要的。

后来孩子们长大了，"不能影响学习"的规则举一反三，适用在"工作""前途""薪水""房子"等其他的事务上。

小时候没有人挑战这条规则，长大以后更加没有。每一次选择都经过精心的计算。为了更大的好处，可以牺牲掉一些美好却"无用"的东西。

天经地义，理所当然。

当孩子们还是一张白纸的时候，我们在上面画了什么？

我们画出了一个个"聪明人"。

价值观不分对错。有人功利至上，也有人浪漫主义，都无可厚非。

但有很多人怀念青春的时候，或痛心疾首，或神情落寞，或泪眼婆娑，仿佛自己是个爱情至上的浪漫主义者。但他们的行动却是真正的功利主义。他们牺牲两个人的爱情换得了如今的生活，却反过来怀念亲手献给命运的祭品。

我们看言情小说，看爱情电影，代入主人公的爱情，为了海枯石烂的故事泪流满面。

但是很少代入的，是那些为了爱情所付出的鲜血和生命的代价。

我们只是普通人，我们平凡的感情也不需要为爱赴死。事实是，我们连一个工作机会都不愿意放弃，哪怕世界上有无数的工作可以选择。我们想要世界上最美好的东西，却不愿意支付一丁点儿的代价。

如果自知我就是一个功利冷漠的人，那其实没什么问题。但做了冷漠的选择，回过头又伤春悲秋，扼腕落泪，就会显得有点黑色幽默。

那不是自己选的吗？夺走幸福的不就是自己吗？难道这不是冷静地权衡利弊的结果吗？

我们从小就被训练成这样冷漠的人啊。

怪谁呢？

我们说海枯石烂，我们说此心不渝，但我们更爱自己。

大家都很聪明。

在这个总要有一个人牺牲的过程中，我们发现，还是牺牲掉这段爱情比较划算。

情感需求的价值排序

物质，名声，地位，所有人追求的东西，最终都是为了某种情绪的体验。

如果非要论"意义"的高低，那么情绪的价值应该超过其他的一切。

从这一点上看，很多自以为成熟理智的取舍，都和真正的意义背道而驰。

"你这一生有经历过爱情吗？"
"没有，从来都没有。"

这段对话来自一个电视节目中心理专家对一位六十岁农村阿姨的采访。

当时这位阿姨言之凿凿地对所有人说，她和著名演员靳东两情相悦。但事实上，阿姨看到的"靳东"在手机上对自己的告白，只是某些营销号盗用了靳东的形象发出的短视频而已。

是的，这是一个骗局，阿姨只是一位受害者。但无论是面对丈夫的嘲讽，还是面对电视台专家的劝解，她都固执地认为自己并不是被骗了，她真的可以嫁给和自己相爱的人。

节目的最后，在专业的心理疗法的帮助下，她已经意识到了这一切都来源于自己的想象。尽管如此，她依然说：

"我不会放弃的。我还会继续等下去。"

与其说那位爱上"靳东"的阿姨是在追寻具体的某个人，不如说她追寻的是能够品尝情感的人生。在六十多岁的年纪，在一场骗局中，她终于体会到了爱情的美好，又怎么可能轻易放下。

从她丈夫和家人的反应可以想见，在她过去的人生里，情感的诉求都不被看见和重视。她一生都没品尝过爱和被爱的滋味，当初走入婚姻也不是因为爱情，到了这个年龄，追求情感换来的还是来自家人的言语攻击和自尊打压。

有很多评论说，中老年妇女的情感需求需要被重视，我非常同意这种说法。

但是，需要被重视的真的只有这一个群体的情感需求吗？

产生情感需求，然后被身边的人攻击、打压，用各种方式"劝解"，被告知情感需求是不必要或者不重要的——这种常规的故事模式，发生在所有人的身上。

无论城市农村，无论年龄大小，无论男性女性，都一样。

这个社会的主流价值观，就是对人的情感需求不屑一顾。

或者说，在主流观念的价值排序中，人的情感需求的重要性排在所有选项的最末端。

在面临选择的时候，无论情感需求和其他任何事情产生冲突，人都会被告知，你的渴望和情绪不重要。

对于一个人来说，第一次产生亲情之外的强烈的情感需求，应该是所谓的早恋。

男女之情由心而发，无论是十岁的孩子还是六十岁的阿姨，都有爱与被爱的权利。用爱发生的时间来判定它是否正确合理，是非常荒谬的。

这本来应该是一个所有人都认同的、理所当然的公理。但事实上，无论是对于十岁的孩子还是六十岁的阿姨，都要因为这种由心而发的感情遭受到家人的指责和贬低。

作为成年人，六十岁的阿姨可以对所有说教怒目而视甚至破口大骂，可以自己买张票跑到千里之外的城市追寻爱人的身影。

而没有经济能力的孩子爱上一个人，结果被所有大人告知这种爱是错的，是无足轻重的。甚至因为产生了爱被辱骂被毒打的时候，他又能怎么办？

作为一个不早恋肯定考不上大学的"坏孩子"，早恋对学习成绩的影响是好是坏，我认为至少是没有定论的，因人而异的。

但对于他们来说，真实的情况如何并不重要。

家长们总是认为，人的情感需求本来就是可以忽视的，是可以禁止的，是应该让位于包括学习成绩和家长的掌控欲在内的一切其他因素的。

所以，普遍出现上学不让恋爱、毕业马上催婚的现象，也就不奇怪了。上学的时候，情感要为功利服务。毕业走入社会，情感依然要为功利服务。

所谓"什么时候就该干什么事"，意思是在任何一个年龄都要做出获利效率最高的人生选择。

而在意自己是否喜欢，在意可能确实昙花一现的爱，被认为是幼稚和愚蠢的。

你随便去看任何一个网络上的情感求助帖，网友的评论清一色地说放弃爱情，工作重要；放弃爱情，学业重要；放弃爱情，孝敬父母的家庭责任重要。爱情是虚无缥缈的，到手的利益才是真的……

你看，在网友们的判断中，人的情感需求也是一文不值的。

在那位喜欢靳东的阿姨的新闻评论下面，大家都在表示同情，都在说要重视人的情感需求。

可是，在其他场合中，社会的主流观念明明就是漠视人的情感需求，明明都认为应该为了其他所有"重要"的事情压制和放弃自己的情感，才可以称为成熟理智。

这点让我很是困惑。还是说，人的情感需求只有在不和其他任何利益冲突的时候，才有显得重要的资格？

无论少年、青年还是中老年，怀着爱坚持爱的人会遭遇什么，会被别人怎么说教，已经非常明显了。

喜欢一个人的需求如此，喜欢一件事、喜欢一种生活状态的追求，也并不会得到不同的对待。

孩子喜欢游戏也是天性，可是有几个家长能尊重这种情绪价值？

逼婚的父母里，有几个在意孩子是否在这段关系里收获了快乐？

请问，在本来应该休息娱乐，应该和朋友、爱人共度的时光里，有多少人会无视自己的情绪，强迫自己痛苦地"上进""自律"？

社会判断的标准是一个人的现实状态，而不是一个人的情绪状态。人们用这种价值观审视他人的同时，也在用这种价值观审视自己。

审视自己成绩怎么样，挣多少钱，工作稳不稳定，结婚了没有……人会为了以上这些而焦虑，却不会为了自己缺少爱人和被爱的经历自责。

同时，如果一个人表现出情感诉求不被满足的压抑，会被人认为矫情——你的生活已经很好了，还有什么不满足的？

电视节目里，心理专家问阿姨有没有经历过爱情，阿姨说没有。

评论里很多网友都在表示同情。但我听到这个问题的时候，心里咯噔了一下。

我呢？如果被问起这个问题的是我呢？两个人确认了某种关系就能算拥有过爱情吗？

同情这位阿姨的人里，又有多少人能理直气壮地说自己很幸福，或者至少曾经幸福过？

人活着是为了一种体验。物质，名声，地位，所有人追求的东西，最终都是为了某种情绪的体验。

如果非要论"意义"的高低，那么情感诉求本来就该是最值得追求的，情感的价值应该超过其他的一切东西。

从这一点上看，很多自以为成熟理智的取舍，都和真正的意义背道而驰。

空心

有句励志语录流传得很广:"每一个想要学习的瞬间,都是未来的我在向我求救。"

不。

每一个想要放弃的瞬间,才是未来的我,在向我求救。

1

某次公司招聘的岗位,是一个专门应付形式主义的文秘岗,不仅工作枯燥,而且不会有任何成就感和个人成长。按常理而言,这一岗位的离职率应该很高。

前来应聘的是一个女孩。为了保证员工的稳定性,我在面试的时候就提到了岗位存在的问题。

女孩的回答却是我没有想到的。

"没关系，做什么都一样。"

她说，反正自己也没有想做的工作。

她说，晚上逛淘宝、看电影和白天上班，都不过是打发时间，没有区别。

没有喜欢的事，没有追求的目标，没有想要的东西。那么多的时间，本来就没有能够换来快乐的途径，也就无所谓痛苦。

情绪都是相对的，只有黑存在，白才能有意义。没有喜欢，自然也就没有厌恶。

"都一样。"

她说出这三个字的时候，脸上看不到一点情绪。

这不是我第一次见到这样的表情。

和毕业班的同学聊了这些年，每年都有年轻人告诉我不知道为什么刻苦，不知道为什么选择这个专业，不知道为什么选择这份工作。

这时如果你问他们，那你想要什么呢？很多人的回答是，我也不知道。

有些"不知道"的后面，可能还附带着来自他人的理由，比如父母的期望，比如男朋友的去向，比如家里需要钱——所有的理由都只和"别人"有关。

更多的"不知道"，就只是不知道而已。

2

北京大学心理咨询中心的副主任徐凯文医生在一场演讲中罗列过以下数据：

30.4%的北大一年级的新生，厌恶学习，或认为学习没有意义。

40.4%的学生认为，活着没有意义。

作为精神科医生，徐老师把这样的心理问题称为"空心病"。

"想要的东西争取不来，想要的东西没有希望。整个社会、家人、爱人和子女，都在强迫人们做不想做的事情。不是没有喜欢，是喜欢被环境给吞噬了，自己都没有察觉。"

这样的年轻人不是一个人,不是两个人,占比不是1%,不是2%。

是三分之一。

他们想不出自己喜欢什么事,也不明白是什么支撑自己活着。

但,无论是北京大学的优秀学子,还是面试时坐在我对面的毕业生,却非常清楚自己"该做"什么事。

比如坐在一家国企的面试官面前,争取一个麻木地浪费时间的机会。

比如小时候努力考一个好成绩,只为博得父母的认可。

比如一对男女被安排相亲,两个人的权衡都不包括爱情。

比如每天辛苦地加班熬夜。

在旁人眼中,他们是值得羡慕的。因为他们非常努力,他们的人生是向上的。的确,并不是每个人都有这样的幸运。

但我觉得,这是一件很可怕的事。

如果你见过那些空白的眼神,你也会觉得这是一件很可怕的事。

3

痛苦虽然不是一种好的体验，但它确实是必要的。

那是人类在漫长的进化过程中，用来保护自己的方式。

比如很久很久以前，某个祖先试着摸了摸树枝上的火焰，疼得一声惨叫。这剧痛会提醒他抗拒接触火焰，下一次森林大火的时候会帮助他活下来。

焦虑、愤怒、沮丧、悲伤，这些痛苦的情绪体验也是在提醒人们，远离造成这些情绪的人和事物，以免发生更严重的后果。

但我们真的能远离那些吗？

不能。

因为那些引发了自我保护机制的，内心警告我们要远离的东西，往往能够帮助我们在竞争中幸存，甚至是生存的必由之路。

比如我们都经历过的应试教育。

在我们小的时候,对于"活着的意义"是有过一些探索的。当我们问父母为什么要读书,他们会说,为了以后能找到好工作。我们问为什么要找好工作,他们说有了好工作就能养活自己。

于是这成了一个死循环,活着是为了工作,工作是为了活着,但问题并没有得到解决。

那些发自内心抵触应试教育的孩子,那些在其他领域有天赋、有热爱,却不得不为了应试的学业割舍它的孩子,没有办法获得答案。与此同时,社会逼着孩子们必须按照自己厌弃的模样活着。

孩子们不明白,为什么自己要忍受被火焰灼烧的疼痛。于是,有些孩子选择了放弃,选择离开这个世界,跳出这个没有选择的循环。

而另一些孩子,也就是后来一路努力到了今天的年轻人,找到了拯救自己的方法。

如果说想要在社会竞争中生存,就必须做那些"该做的事",那么我们只有命令自己的大脑,压制那些警告我们逃离的情绪。

如果只有握住火焰才能活下去，那么唯一的办法就是压抑灼烧的痛苦，让自己感受不到疼痛。

忘记自己讨厌什么，忘记自己厌弃什么，也忘记自己喜欢什么，忘记自己想要什么。

不能讨厌学习。忘记快乐的体验。

不能影响学习。忘记喜欢的男孩。

不能厌恶工作。忘记热爱的事业。

不能逃避竞争。忘记原本的自己。

努力，前进，向上，奋斗。

活着。

我们都是幸存者。为了适应环境，为了生存，我们进化出了没有痛觉的神经。

只要什么都不在乎，什么都不想追逐，就可以努力坚持"该做的事"了。

习惯了，就不会疼了。

可是习惯了忘记疼痛，也会习惯忘记快乐，忘记情绪，忘记本来的自己在哪里。

空心。

4

如今我31岁了。

过去的这许多年里,那些在招聘会,在嘈杂的食堂,在校园的林荫道,在微博的私信里对我说不知道一切努力是为了什么的年轻人,大多也步入了婚姻,有了孩子。

他们依然在努力奋斗,他们的孩子也会得到很好的教育。可是当他们的孩子仰望着他们,问他们这一切是为了什么的时候,新任的父母没有办法给孩子答案。

因为父母自己也没有答案。

所以,当有年轻的朋友问我,有喜欢的事情要不要去做,有喜欢的人要不要去追,我的答案永远都是肯定的。哪怕干喜欢的事需要付出很多的成本,哪怕追喜欢的人需要付出很多的眼泪,哪怕以后会后悔、失望和失落,答案也是肯定的。

因为很多人没有意识到,还能拥有"喜欢"这个情绪本身,就是莫大的幸运。

有想沉迷的事情,就去沉迷,无论爱情、游戏、小说、追星，只要你还能喜欢一件什么事，这就是人生的意义。

的确，付出的感情未必有回报，大多数人也实现不了梦想。可是，无论伤心、难过、愤怒和无奈，都是有温度的情绪。

只要有温度，就有活着的意义。

只要有情绪，就好过空心。

5

这几年的网络上，从来不乏励志的鸡汤。

有句话流传得很广："每一个想要学习的瞬间，都是未来的我在向我求救。"

不。

每一个想要放弃的瞬间，才是未来的我，在向我求救。

蔷
———
薇

　　如果真要和一个人签订婚姻的契约，我希望对我庄严许诺的是一颗真心——而不是七嘴八舌的一家人。

人生是一个下坠的过程

那些年里,我走过了很多城市,认识了很多人,我们肩并着肩指着星空许愿,我们讨论文学、创作和梦想。

而今天的朋友们相聚,讨论着薪水、房子和孩子。就算你想蹩脚地扮演少年,都找不到观众和舞台。

那些绚丽而浓烈的色彩,陌生得像是另一个人的人生。

如果你到了三十五岁,并且还在找工作,你会发现一个事实:几乎所有的岗位,都要求应聘者的年龄在三十五岁以下,自己的简历连第一关都过不了。

事实上,不仅三十五岁以上的求职者处处碰壁,就算已经有工作的人,三十五岁也要面临丢掉饭碗的风险。

原因很简单,身体状态不允许加班了,家里老人、孩子需要照顾了。年轻人可以透支个人生活奉献给老板，但中年人没法扔下家人不管不顾了。

很遗憾，每个人都有三十五岁的那一天。

网络上有很多中年人在诉说自己的求职遭遇。有从北京行业前十的公司辞职回家，结果被远远不如上家的所有老家企业拒收的；有年近中年工资太低，只能辞职开滴滴的；有在24小时便利店打工上夜班的；有被公司边缘化，三十九岁开始周六、日跑闪送补贴家用的。

也有旁人眼里所谓过得好的，做到企业的中层管理，每天都在焦虑公司倒闭或者效益下滑一家人吃什么。

有人说，体制内的工作可以稳定一些。

有个帖子的答主正是这么想的，他早就预料到自己三十五岁饭碗不保，所以提前跳进国企。结果国企被收购，整个部门被裁员。

还有个985国家重点实验室的硕士，SCI论文影响因子十几，如今因为身体原因和家事拖累，成了年轻时自己最看不起的磨洋工的国企大姐。

不管是面对被裁员或者找不到工作的经济压力，还是为了稳定的收入苟延残喘，什么梦想、未来早已抛诸脑后，有一点是可以肯定的：

和大多数年轻人的预期截然相反，大多数人的人生并不是越来越好。

具体说说年龄渐长的变化吧。

希望递减（最终归零）；劳动精力递减；创造力递减；健康问题的拖累愈发严重。

社会和家庭对个人的物质要求递增；维持现有生活的成本递增；犯错成本及风险递增；生活被意外摧毁（如裁员等）的可能性递增。

改变行业重新开始的成本增加至不可承受，丧失一切其他可能。

一个年龄渐长的人，很难有余力思考未来，因为维持现有的生活都成了奢望。

我们很难接受这一点，所以身边的朋友们纷纷寻找属于自己的慰藉。

有人选择混一份工资，生一个孩子，享受陪伴另一个生命成长的喜悦，把"自己"完完全全地遗忘。

有人没日没夜地加班，把给老板卖命当成信仰。朋友圈里全是打鸡血的励志鸡汤，落下一身病都能感动自己。

当然，年龄渐长的负面效应不少来自婚姻和育儿的经济压力。所以也有不少年轻人坚持不婚不育，以此规避经济压力，在夹缝中求自由。

哪一种选择能逃过下坠的命运？

我的答案是悲观的。选择或许能减缓下坠的速度，但不能逆转它。

"那一天我二十一岁，在我一生的黄金时代。我有好多奢望。我想爱，想吃，还想在一瞬间变成天上半明半暗的云。后来我才知道，生活就是个缓慢受锤的过程，人一天天老下去，奢望也一天天消失，最后变得像挨了锤的牛一样。可是我过二十一岁生日时没有预见到这一点。我觉得自己会永远生猛下去，什么也锤不了我。"

——王小波《黄金时代》

我看到过很多人引述这段话，用来感叹自己的人生。

但发出这一段感叹的，并不是一个普通人，而是上一个时代最有才华的人之一，一个姓名和作品至今流传的大作家。

就连这样的人，这样的少年心气，都没能逃脱"缓慢受锤的过程"。

2020年，电视剧《隐秘的角落》爆红后，剧中饰演朱朝阳爸爸的演员张颂文老师的演技折服了很多人。

可是随后我们看到了他的访谈，他说自己四十岁了，还没能买一套房子，很长时间里年收入没有超过两万。有一年没有工作，一直没有出门，房东都不好意思涨房租。

这是个多么努力、多么优秀的演员啊，吃云吞的那场沉默的独角戏，不用一句台词，把一位父亲无法言说的悲痛展现得淋漓尽致。

他和娄烨这样的大导演、巩俐这样的国际巨星都有过合作，这也不是普通演员能获得的机会。

就是这么个出色的演员,说起四十岁没能买房,甚至用了"自卑"一词。

每当看到这样的例子我都在想,我这点默默无闻的事业,比起这些站在行业顶端的前辈如何?

如果连那样优秀的人都无法逃过岁月的锤打,我又哪来的自信,自己可以是一个例外呢?

高三那年,我没日没夜地读书。那时候我想,只要做好这一件事,我就能拥有未来。

大学校园里,满是年轻的面庞,夏夜的风里都带着青春的甜香。

毕业之后,我找了份旁人看来还不错的工作,自我感觉前途光明。

几年以后,我写出了第一篇自己喜欢的小说,又觉得人生有了新的希望。

那些年里,我走过了很多城市,认识了很多人。我们肩并着肩指着星空许愿,我们讨论文学、创作和梦想。

而今天的朋友们相聚,讨论着薪水、房子和孩子。就算你想蹩脚地扮演少年,都找不到观众和舞台。

你没法责怪任何人,你也知道年龄带来的生存压力,你也知道比起梦想这种东西,人更应该考虑三十五岁之后怎么活。

那些绚丽而浓烈的色彩,陌生得像是另一个人的人生。

在我三十一岁这一年,经济下行,疫情席卷,无数个人生雪上加霜。如果说高歌猛进的时代里年龄增长不算什么,那么现在,我们恐怕要再次下调对未来的预期。

是意外,但也是常态。每个时代的人都曾以为会越来越好,也都有终于跌落的时刻。

比如饥荒,比如国企下岗,也比如这一次疫情。

人生,本就是一个下坠的过程。

养儿方知儿女恩

很多父母的生育行为,只是一种期待回报的投资——"养儿防老"。

所以他们如此执着于强迫子女"感恩",所以当子女因为父母的伤害而伤心、难过、无助和愤怒时,他们不会有任何愧疚感。因为他们眼中的孩子根本不是一个"人",而是一个投资标的。

人不会在意一支股票今天开不开心,人只会关心它今天给自己赚钱了没有。

最近这一年,有好几个同龄的朋友不约而同地劝我,将来还是考虑要一个孩子。

大概是知道我对此会有什么反应,所以他们提供的是一个新的角度:

养儿方知儿女恩。

孩子给予他们的成就感和精神寄托的价值，远远超过了他们对孩子的付出。

人的行为和选择，都是为了满足自己的需要。

选择生育的是父母，而不是孩子。所以，是孩子满足了父母的需要，养育孩子的支出只是父母满足自身需要的成本。

所以，是父母应该感恩孩子，而不是孩子应该感恩父母。

我知道这几位新任的父母为孩子操了多少的心，受了多少的累，想必当过父母的朋友都懂那种辛苦。

所以我才更加难以想象，孩子到底给这些年轻的父母提供了多么巨大的价值，以至于天平另一端的重量，竟然有过之而无不及。

与这种观念相反，大多数老一辈的父母都是要求子女回报的，只不过他们关注的回报只停留在物质层面。

他们当时的生育行为本身，就是一种期待回报的投资——养儿防老。

这就是他们为什么强迫孩子对他们"感恩"的原因。

这也是当孩子因此产生伤心、难过、无助和愤怒等情绪的时候,他们不会产生任何愧疚感的原因。因为他们眼中的孩子根本不是一个"人",而是一个投资标的。

人不会在意一只股票今天开不开心,只会关心它今天给自己赚钱了没有。

原本父母是这种关系的强势方,但诡异的是,他们在亲子关系中同样表现出痛苦甚至绝望。

父母们不断地抱怨,自己付出了多少,牺牲了多少,你长大还这么不懂事,你还惹爸爸妈妈生气,我们真是白养你了……

问题是,如果养育孩子是这么痛苦的一件事,那么你当初为什么选择生孩子呢?这不是孩子选的,这是你们自己选的啊。

无论父母长辈变换什么说辞,都无法解释他们的懊悔和痛苦。他们陈旧的价值观夹杂在自己无数的抱怨中,让他们的所有言语都显得苍白无力。

这一切当然在下一代的观念里留下了痕迹。今天,当你问一个年轻人为什么不想要孩子，一些人会说觉得自己无法给孩子好的童年，这个结论来自年轻人自己的过往；而另一些人会认为成为父母是一件无比痛苦和压抑的事情，这当然是父母给他们留下的印象。

但随着年龄增长，许多和我志同道合的同龄人也成了父母，他们向我展示了截然不同的另一种可能。

在同龄朋友的描述中，选择生孩子是因为不想错过陪伴孩子成长这样一种特别的体验，就和我们在旅行中、在不同的生活方式中寻找体验是一样的。

他们并不需要确保孩子能够回报什么，至于后来的"情绪价值"是一个完完全全的意外和惊喜。

无心插柳柳成荫。

在上一篇文章中我说过，普通人过了三十岁，很容易发现人生其实是一个下坠的过程。精力和可能性都随着年龄递减，但社会和家庭对人的物质要求却越来越高。

但是，新任父母们展现出的精神状态却让我非常的惊讶。

我以为生孩子给父母带来的是压抑和牺牲（如上文所述，这个结论来自我的父母无休止的感恩教育），事实上朋友们也的确讲述了很多带孩子的辛苦，比如连续几个月睡不了一个好觉，比如因如何带孩子的分歧导致的夫妻矛盾和代际矛盾，等等。

但这些新任父母却说，与有幸陪伴一个孩子成长的满足感相比，这些麻烦都微不足道。

那种发自内心的喜悦，那一双双明亮的眼睛让我觉得意外而陌生，我已经很久没有在同龄人身上见到这样的神情了。

这就是即刻生效的"情绪价值"。

他们说，他们发自内心地感谢孩子，让作为普通人的他们在事业瓶颈、朋友断联、爱情埋葬、身体滑坡、未来不可知的三十多岁，重新找寻到了意义、理由和动力。

他们不认为孩子是用来养老的。他们的孩子从出生的第一秒开始，每分每秒已经在给父母回报。

综上，对于生育，存在着两种截然不同的价值观。

一种人认为，生孩子就是养儿防老。我也看到网络上不断地有博主用恐吓的方式说服年轻人生孩子，无非就是描述老无所依卧病在床的惨状，然后劝说年轻人购买孩子这份保险。

但正如上文所言，如果你的孩子只被视为一个投资品，那么生育只会同时产生痛苦的、相互敌视的两代人。

而另一种人认为，孩子给予了他们一段截然不同的人生旅程，甚至给予了他们新的意义和人生价值。

孩子是父母为了满足自己的需要才被带到这个世界的，孩子给予他们的，比他们给予孩子的要多得多。

从小我们就被长辈教训，要孝顺，要听话，要感恩父母。

父母把自己多辛苦，为你付出了多少天天挂在嘴边，时刻提醒我这些都是我欠下的债，欠债就要还钱。他们说，"你长大了就懂了"，他们说"养儿方知父母恩"。

没想到，等到我自己成了大人，等到我的同龄人成了父母，我得到的答案和他们以为的正好相反。

年轻的父母们都在告诉我,养儿方知儿女恩。

他们眼中的光亮,和老一辈父母们永远的颓丧和抱怨共同证明了,哪一个才是正确的答案。

最后我想说,其实孩子什么都明白。

如果父母感激孩子的到来,那么孩子也会回报相同的温暖。如果孩子意识到自己只是养老的工具,那么当孩子痛恨父母的时候,也知道如何打碎父母的算盘——以一种极为惨烈的方式。

就像那个拉开车门跳下大桥的孩子,就像那个思考了两分钟后跳楼的学生。

你说生养我是天大的恩情。

那好,我还给你就是了,咱们两清。

我所理解的及时行乐

错过人或事，或能前缘再续。

错过自己，此生不能相逢。

你有没有发现，身边很多人都在怀旧。

每年的高考季，人们总是在怀念校园。

我们怀念无须选择的确定无疑的方向，怀念努力必然能有回报的学业，怀念少男少女若有若无的暧昧，怀念干净纯粹的友情和爱情。

甚至因为中考、高考、假期和开学都发生在夏天，如今站在温热的风里闭上眼，都仿佛能感受到青春的炙热和温柔。

酒桌上常见一种中年人，三杯下肚总是提起我当年如何如何,大约是想证明自己也曾意气风发过,并非总是当下颓废的模样。

他们还习惯感叹今天的社会比不上从前,比如怀念过去的分房,怀念过去人与人单纯的关系,怀念过去的生活节奏,等等。

爷爷奶奶说起年轻时参军的经历,一口一个艰苦,但脸上的表情却是向往和怀念。

其实后来老人的生活条件好了很多,但在他们眼中,最快乐的依然是年轻时的日子。

似乎无论哪个年龄段的人,都能找到记忆中的过去比今天要好的佐证。

就连老人们做饭的时候,都总是念叨年轻时候的肉比今天的香。

作为吃货,我自然是对"几十年前的肉有多么香"颇为向往,遗憾自己生得晚了,没有口福。

后来才发觉,这和生在哪个年代其实没有什么关系。

十岁的时候,我第一次吃北京烤鸭,对咬下烤鸭皮的瞬间"咔嚓"一下满口油脂的愉悦感一直念念不忘。以至于十多年以后第二次踏足北京,第一顿饭就选了一家烤鸭店。

烤鸭上了桌。我夹了一块烤鸭皮放进口中,期待着记忆中香气直冲顶门的快乐。

嗯,很好吃,真的很好吃,但是……总觉得比从前少了点什么。

记忆中味蕾被刺激产生的愉悦感占据了我的每一分意识,但此刻的体验,并没有期待中的那么夸张。

"还是以前的烤鸭好吃啊。"

我抬起头对朋友说出这句话时,忽然觉得这句话有些耳熟。

"还是以前的肉好吃啊。"

我的味觉在衰减。爷爷奶奶的味觉也一样。不是当年的肉好吃,是当年的自己拥有更好的味觉。

作为吃货,我对此着实特别失落。这意味着那些曾经我想挣了钱再回来吃的东西,在某种意义上,都再也吃不到了。

更令人遗憾的是，人的感知能力随着年龄增长而下降这件事，并不止体现在饮食这一个方面。

比如很多人都在说，工作以后很难找到让自己心动的人了，或者很难找到和从前一样交心的朋友了。

原因在于，随着年龄的增长，人的情绪敏感度降低，感知迟钝导致情绪共鸣减少。这或许是因为生存压力挤占了思维带宽，或许是因为大脑本身正在缓慢老去，或许兼而有之。

另外，随着体验过的情绪越来越多，情绪满足的阈值也越来越高。人越来越难以被打动，越来越难以感到满足。

情感的萌芽，即所谓的"交心"，往往是情绪起伏和波动的产物。随着年龄的增长，人们的情绪波动越来越少，那么人与人之间自然就越来越疏离。

同理，年龄大了以后打游戏，沉浸的愉悦感也会越来越少。哪怕当下游戏的效果比起20年前早已天翻地覆，但老玩家们最怀念的，还是自己年轻时沉迷的游戏。

不少过往经典游戏的画质如今看来满眼的马赛克，但这并不妨碍它们成为回不去的伊甸园。因为年轻的想象力，可以把马赛克看出大片的效果。

无论游戏还是爱情,"沉迷"这种体验,都只有年轻的时候才能拥有。

例子还有很多。

比如有些中年人怀念的美好时代,生活条件同样远远不如今天。
他们回忆里的时代如此美好,只不过是年轻放大了四十平方米老旧公房里的快乐。
比如人的听力范围会随着年龄的增长而衰减,少年能感受到的旋律,对老年人而言是一片空白。
……

之前我说过,人生是一个下坠的过程。
那只是其中的一种下坠,生存状态的下坠。

另一种下坠,则是随着满足的阈值越来越高,体验和情绪的逐渐麻木。

身体感知外部事物的能力减弱，心灵感知情绪的能力减弱。

人们越来越难快乐，越来越难和当下身边的人产生纯粹的情感联结，越来越难以找到意义和价值。

于是，人们只能一次又一次地怀旧，从虚无缥缈的记忆中支取从前的感受和情绪。

怀念过去的食物，怀念过去的生活，怀念过去的爱人，怀念过去那个或许一无所有但还有"感觉"的自己。

或许这是一种下意识的自救，毕竟人总要依赖点什么活着。

所以，我理解的及时行乐，并非因为未来不可知，就抛下一切的寻欢作乐。

而是因为任何一个此刻，都是余下的人生里最能感知情绪的时刻。

我只能在眼下这一段的人生中，尽可能多地认识不同的朋友，品尝不同的食物，感受不同的情绪，体会不同的生活，因为以后的我很可能感受不到它们。

其实长大的过程中,我常常安慰自己还有以后。

烤鸭没吃饱,以后再来。喜欢的人不敢表白,以后还有机会。想去的地方没有去,反正人生还长。想做的事没有做,以后再做也不晚。

如今想起那桩桩件件的结局,总是忍不住叹息。

如果说人生是由很多的不快乐和很少的快乐组成的,那么年轻的我很擅长放大那一点点的快乐。可惜,这个能力我没能保留。

不要等以后。

这不仅是因为未来的不可预测,你无法保证什么,更是因为人的感受不是来自外在,而是来自内心。

一个人的内心,是会一天天变老的。

所以,如果有什么想做的事,有什么想要实现的愿望,立刻就行动起来,去实现它。等心变老了,就尝不出味道了,无论那是喜悦还是悲伤。

错过人或事,或能前缘再续。

错过自己,此生不能相逢。

猫为什么咬人

你说我脾气差也好,你扬手要打我也好,你误会怎么这个猫养不亲,猫果然就是冷漠,都没关系。你早晚有一天会明白。

我们不一样。
人太理智。理智会弄丢东西。
而猫可以咬人。

我觉得做一只猫很幸运。
因为它可以咬人。

我的猫叫烦烦,从很小的时候就来了我们家。人待在哪个房间,它一定会默默跟过来卧在一边,特别亲人。之前直播的时候有人听到砰砰声,那是烦烦在门外扒着门锁做"引体向上",非要进来不可。

但是它也咬人。

我就不明白了,这个猫咋自相矛盾呢。

一开始只是路过随便咬咬。比如我在客厅沙发上看剧,烦烦从沙发上路过,来都来了,就顺便咬一下。

我冷不防被吓了一跳,还有点痛,就很生气。可猫又听不懂人话,要怎么向它表示人不喜欢被咬呢。

我决定用打屁股来表现我的态度,于是从沙发上一跃而起。烦烦见状转身飞奔,钻进犄角旮旯里,我趴地上伸手捉它,它又反方向窜出去。一时间,大小两个生物折返跑,屋子里十分热闹。

我觉得既然闹得这么大,作为一只自学开门的聪明猫,烦烦应该能理解我的意思。

并没有。

烦烦反而越来越喜欢咬人了。

后来我用余光观察它,发现它会先观察我半天,随后以猫科动物捕猎的姿态悄悄接近我,最后跳起来一扑。和之前路过咬咬不同,咬人变成有预谋的了。

我大叫：今天就让你知道谁才是这个家的主人。可我还没来得及起身追它，早有准备的烦烦"嗖"地溜之大吉，躲到桌子底下歪着头看我。

后来有几次烦烦又偷偷咬人，其实并没有很痛，我就懒得动。我没动但烦烦还是跑，跑两步发现我不追它，又折回来盯着我看，很迷惑的样子。

原来如此。

烦烦的一天是这么度过的。

早上人从卧室出来，烦烦走过来蹭一下人的裤腿表示早安。没一会儿，人就匆匆出门了，留烦烦独自在空空荡荡的屋子里。

整个白天：走来走去，睡觉。走来走去，睡觉。

太阳要下山了，人该回来了，走到门口卧着，等。

可能等了一小时，可能等了两小时。门开了，人回来了，它躺倒亮肚皮，欢迎你回家。累了一天的人弯腰摸摸自己的肚子后，就瘫倒在沙发上看剧，或者玩电脑。

它想：在家无聊了一天，好不容易你回来了，咋不陪我玩啊？

诶，这个人咋闷闷不乐的？蹭他都不动？

怎么办呢？

哦！以前咬他一下就会跟我玩了。来，走起！

我之前被咬了很生气，是因为我觉得对动物来说，咬人是一种攻击行为。我不明白烦烦为什么要攻击我，明明相处得蛮好的。

但后来我发现了两件事：

一是烦烦吃猫粮。猫粮很硬，吭哧吭哧的。它咬东西的力气远远不止能留下那一点浅浅的牙印。

二是工作日我很累的时候，在家有限的几小时里和烦烦唯一的互动，就是追着它满屋跑。

如果没有这一条，我们一人一猫就像那种坐在沙发各自玩手机的无言夫妻，或者回了家各自回屋不说话的父女。

那就不是一家人了。虽然还住在一起，但不是。

就像我用训练告诉烦烦到固定的地方上厕所一样，烦烦也用训练告诉我，家庭成员之间要有一点互动。它没办法说话，于是它摸索出了我的行为模式，用咬人创造互动的理由。

于是我们每天打打闹闹，我们每天都像一家人。

其实很多家人都不像家人。

父母和孩子、丈夫和妻子，住在同一个屋檐下，却形同陌路。或许原本也有很多破冰的可能，有很多缓和的机会，但人们不约而同地选择保持理智，选择维护自尊，选择把内心藏得严严实实。

没有人主动，没有人打破沉默。先开口多没面子。人很在意面子。

于是冷漠的更加冷漠，陌路的更加陌路。于是最后的离开也显得理所当然。

猫不。

猫不讲理智，猫不讲自尊，猫不在意每一次主动的都是自己。猫每天坐在门口等你，把肚皮翻过来看着你，你不理我我就蹭蹭你，把东西从桌上弄到地上。你再不理我，我就咬你。

看起来人比较聪明，人懂得保护自己的自尊心。但其实猫更睿智，它知道没有十全十美，它知道自己真正想要的是什么。

你说我脾气差也好，你扬手要打我也好，你误会怎么这个猫养不亲,猫果然冷漠,都没关系,你早晚有一天会明白。

现在我最想要的是陪伴,那我就不惜一切拿到它。

我觉得做一只猫很幸运。

人太理智。理智会弄丢东西。

而猫可以咬人。

炸鸡，奶茶和熬夜

如果实在不开心，那就喝奶茶吃炸鸡好了。

就像小丑用笔画一个笑容。

炸鸡，奶茶，一直被人称为"垃圾食品"。

尽管这些食物对身体着实没有好处，但并不影响它们在年轻群体中的受欢迎程度。就像明知熬夜对身体不好，年轻人里熬夜的比例依然很高。

很多长辈把年轻人管不住嘴归咎于这一代人的自制力薄弱，对此我有一些不同的看法。

原因在于，社会发展到今天，职场人的生存环境出现了变化。

先说一个来自本职工作的观察：

这两年应届生入职体检的结果中,脂肪肝、高血脂、高胆固醇的比例越来越高了。

人的体质当然不会在两年之内忽然变得易胖,现象背后应该有其他的原因。

之前这一类的健康问题一般只发生在三十岁以上的社招员工身上。这也很好理解,年轻人代谢快,不容易发胖,到了一定年纪才会圆润起来。

但从去年开始,这类问题频繁出现在刚毕业的应届生的体检报告里,今年更是严重。

写作本文的时间是2020年7月底,本年度的应届生基本上都已经报到入职了。我粗略看了一下,竟然有接近三分之一的应届生体检结果都出现了不同程度的肥胖问题,而他们大多没有超过二十六岁。

我把医务室的意见转给他们,很多人都很意外,没想到自己年纪轻轻就要考虑脂肪肝之类的健康问题。

后来仔细回忆了一下身边在校生的课业压力以及越来越严峻的经济形势和就业环境,我大概理解了这种变化的原因。

健康状况的恶化，是年轻人越来越焦虑的一个缩影。

由于生存环境越来越严峻，人与人之间的竞争越来越激烈，人们的心理压力越来越大，于是整个人群不约而同地试图用高热量的食物来对抗负面的情绪。

我自己焦虑或者压抑的时候就会吃炸鸡，并且根据负面情绪程度的不同，选择的炸鸡可以小至吮指原味鸡，大至手枪腿甚至一桶吮指原味鸡（最后这个当然还是会努力克制一下）。

特别甜的食物也有缓解焦虑的作用，比如奶茶什么的。对了，我最近试了下在甜粽子表面裹一层蜂蜜，一口下去至少身心愉悦三秒钟。

这好像也是最近两三年才有的习惯，因为让人不安的事情越来越多。我一度以为是我自己的问题（比如年龄增长），但似乎并不是这样——因为这两年开始这么做的，远远不止我一个人。

对身体而言是垃圾的食品，却有缓解心理压力的效果。

当心理压力达到一定程度的时候，通过吃高热量食品的快感来缓解压力，是一种心理本能的、也是普通人为数不多的心理自救措施。

同时，大家都希望自己有个好身材，所以多数人都会尝试克制吃高热量食物的冲动，在身材和心情之间找一个平衡。

但这两年，就业环境越来越糟糕，人的心理压力越来越严重。长期处在压力之中，人就越来越难以克制想要吃炸鸡、吃甜食的冲动。

并且，感受到压力和焦虑的年龄正在不断下降，靠高热量食品维持心理状态的人群越来越年轻，应届生越来越糟糕的体检结果就是证明。

年轻人普遍熬夜的情况也是一样。随着职场竞争越来越激烈，内卷化越来越严重，被工作侵占的私人时间越来越多。

每个人都要生存，这是个人无法逃离的困境。可是每个人也都需要喘息，每天为了老板活了十多个小时，又在地铁里挤上一两个小时之后，总得有一点点为自己而活的时间吧？

对于一个晚上十点才能到家的人来说，还能去哪里争夺属于自己的时间呢？

答案已经很明显了。

至于指责年轻人意志力越来越薄弱的老一辈……如果我的记忆没有出错，他们上班的时代里，很多人中午是可以回家午休的。我的父亲甚至二十年没有加过一天班，一天都没有。

今天职场人不得不适应的快节奏和高强度竞争，以及人与人的竞争带来的巨大精神压力，是当年工作的长辈们完全无法想象的。

何况，在固定电话的年代，上班就是上班，下班就是下班，以办公大楼的大门为界，工作和生活的界限无比明晰。而互联网时代，有几个上班族敢保证"休息日"这三个字名副其实？

从来就没有垮掉的某一代人，只有规则不断变化的时代和不得不用新的生活方式应对新的压力的人。

其实，环境的变化并非隔着一代人才能体现。就在我短暂的职业生涯中，都已经能明确感知到生存压力的与日俱增。

我记得读大学的时候，同学们虽然也还对工作和前途有一点担忧，但总体上还是有着憧憬的；但是如今和在读以及应届的学生交流，能明显感觉到哪怕在这个年龄层，焦虑的情绪都已经非常严重，比我们当年严重得多。

有很多学生跟我说过焦虑得睡不着，或者大把大把地掉头发，几年前这本来是创业老板或者中年上班族的焦虑程度，如今在学生身上都随处可见了。

他们甚至还没踏出校门呢。

人无远虑，必有近忧。

焦虑越来越低龄化，年轻人靠炸鸡、奶茶续命，靠熬夜和过劳的工作争抢时间，是没有办法的办法。

但长此以往，身体健康的问题会在年龄增长之后造成更多的拖累，毕竟比起二十五岁来说，三十五岁的处境显然更加不利。那时候如果再一身病痛，就雪上加霜了。

我本来想说的是，大家还是克制一下高热量食品的摄入，能早睡尽量早点睡。但是想想自己低落和恐慌的时候，又觉得有点不近人情。

只能说大家尽量吧，力所能及地克制，也力所能及地多运动。

另外，不要因为年轻就觉得不会有大事，尽量每年做一次全身体检。

那个重度脂肪肝的学生知道体检结果的时候，一脸的不可置信。我知道他为什么惊讶，我年轻的时候也完全不会想到身体会出什么问题。

至于焦虑，包括焦虑年龄下降的问题，没有办法。

不只个人的人生是下坠的过程，2020年整个世界也都在以一种非常诡异的姿态坠落。

大时代的命运，就是每一个普通人的命运，个人的努力在这种浪潮面前是很徒劳的。

还是那句老话，多做喜欢的事，多陪身边的人，不要以后再说，不要那么辛苦。

在下坠的时代里，把所有精力都押上延迟满足的赌桌，就像指望一个老赖能够按期还钱。

虽然我也不一定能做到，但我还是想跟大家说，开心点吧。

如果实在不开心，那就喝奶茶、吃炸鸡好了。

就像小丑用笔画一个笑容。

棋如人生

不要对我有期待。

我一直对自己这么说。

我小的时候,跟着老师学围棋。

同门有一个萌萌的小师弟,眉清目秀的。他学棋特别认真,下棋也正襟危坐,每一步棋都要捏着棋子长考。

我和他正好相反,用老师的话来说就是"坐不住",对漫长的计算完全没有耐心,棋子该落在哪,全凭感觉。

有时候小师弟思考得太久,我就催他:别想啦,又不是打比赛,凭感觉随便试试呗。

小师弟就一脸正经地反驳我:不行,老师要我们至少算到三步棋的变化。

要说对围棋的认真和执着，小师弟胜我甚远。

但我们下了那么多次棋，赢的一直是我。

切磋之后老师会给我们复盘，一边数落我就是静不下心，一边也夸我有些落子的确巧妙，问我是不是认真算出来的。

我总是得意地说：我没算啊，我就感觉该下这儿。

老师就感叹道，这孩子棋感是当真不错。

这句话让小小的我沾沾自喜了好一阵，下棋的时候也越来越自大，时常嘻嘻哈哈地逗认真思考的小师弟：别想啦，没用的。

在这儿得和早就失散的小师弟道个歉，当时那个熊孩子一定特别可恶。

小师弟还是不理会我，紧锁着眉一定要赢我一把。我想他大概是信了长辈们说的，努力总会有收获吧。

有时候老师会瞥一眼神态各异的我们，叹了口气说，要是你们俩的天分能凑在一起就好了。

当时我不明白小师弟的天分是什么，后来才知道，那种天分是努力，或者天生的毅力决心。

按照爽文的创作模式，勤勉的小师弟通过锲而不舍的钻研，终于把我杀得片甲不留，一扫阴霾。但直到最后，这件事都没有发生过，虽然小师弟一直都很认真。

故事还没有结束。

有一天老师家来了个男孩子，比我们高一个头还多，看校服是个初中生。原来是老师提过的师兄回来看望老师了，老师很高兴，问他最近还下棋吗。

师兄面带愧色地摇头，说后来学业繁忙，没法静下心，这两年都没练了。

老师笑道：说得跟真的似的，你以前下棋也不见得有多静心。说完忽然想起什么似的，目光看向了我：不如你俩来一局。

那场棋的开局我就很兴奋，因为我发现新的对手和我一样是下快棋的。和小师弟下棋总是等得不耐烦，可这位虎头虎脑的师兄落子却一招紧似一招，每颗棋子还都"啪"的一下落在木头棋盘上，气势足得很。

我心道，来，就让你了解了解棋感是什么。

这个自负的念头并没能存续多久，对方和我一样不经思考的快棋，却给了我从未有过的压迫感。那一局我的黑棋永远左冲右突地逃窜，我也把什么棋感完全抛在了脑后，开始抿着嘴计算接下来的变化，像极了小师弟下棋的样子。

小师弟有些惊讶地看着我，又转过头看看等得不耐烦的师兄。

战局走到中盘，黑棋就被绞杀得只剩两小块边角了。我所有的计算都是徒劳的，铁青着脸认输。

复盘的时候我找到了对方决胜的关窍，忍不住问师兄：你怎么想到下这儿的啊？

师兄却是一愣，挠着头笑了笑：我也没怎么想啊，就凭感觉呗。

这句话怎么这么耳熟呢，耳熟得让我后背发凉。

我抬起头看看小师弟，他还呆呆地看着棋盘。

"别琢磨啦，没用的。"

我对小师弟说过的话，那天也送给了我自己。

棋盘间有天生的棋感，那人生这个变量多出千百倍的战场，自然更有属于它的天赋。

有些人可以嗅到机会，有些人可以嗅到危险。

就像下棋的时候我不知道为什么要下这里，可我就是知道。

现在到处都是励志的鸡汤，说"人定胜天"，说"努力一定有收获"。讲几个成功者的生平事迹，让所有人在脑海里代入那些最有天赋的，也是运气最好的人的一生，获得另一个人在另一个时代照样可以重复这一切的安慰。

他们说，"以大多数人的努力程度，根本轮不到和人拼天赋"。他们还会质问，世界上要有一个马云，为什么不能是你？

想象一下，小师弟日夜苦练，用心总结，我每天吊儿郎当，懒得动脑，可他却总是输给我。

某一次他又输了，低着头很难过。我得意扬扬地冲着他说：以你的努力程度，根本轮不到和人拼天赋。

再想象一下三年没碰棋的大师兄，偶然随手一局，就把每天练棋的我杀得片甲不留。

然后他对着呆若木鸡的我笑道：下棋总要有赢家，你好好反思一下，为什么不能是你？

问出这些问题，你不觉得太过残忍了吗。

键盘之死

我经常在想什么是命运。

命运会有怜悯的心吗，命运会有不忍下手的时候吗。

有又怎么样呢。

你看，也没什么区别。

键盘坏了。

这个键盘是我2012年领到的，到现在已经七年了。领到它的时候我还是个每天都打6小时游戏的人，而七年后它坏掉的时候，我已经用它敲出过很多很多的字。

这些字最近两年发在了微博上，而早年的另一些，则默默躺在各种杂志或者公众号的退稿邮箱里。

键盘上有几个按键的英文字母已经变得模糊不清，空格键和大拇指接触的地方被磨得发亮。没有按键的地方积了薄薄的一层灰，和磨坏的按键共同见证了它陪我走过的路和一直暗淡却也从未后退的心。

这么一来我就有点伤感，在心里跟它说了声再见。

也不知道是伤感陪我的键盘，伤感它陪我走过的码字路，还是想起了领到它的那天我有多快乐。

2012年，还是我人生的黄金时代。

伤感归伤感，键盘是肯定要换的。我把它拿到楼下的设备部门，登记报废，换了个新的。

新键盘是我很喜欢的牌子，样式比旧键盘好看很多，敲起来也舒服。下楼的路上我还担心新键盘会不习惯，但实际情况远超我的预期。

于是我开心地用新键盘噼里啪啦敲下了这些字，等我反应过来才发现，我早就把刚才还挺让我伤感的旧键盘抛到脑后了。

什么七年啊，写作生涯的起点啊，再没想起。

这喜新厌旧也转变得太快了点。

人哪。

以上是第一天发生的事。第二天打开电脑，键盘还是打字错乱，但肯定不是新键盘的问题。

查了一下，原来是电脑中毒了。

所以陪我七年的键盘没坏。它什么也没做错。

可是它躺在一堆报废的键盘里，就要被销毁了。

我经常在想什么是命运。

命运会有怜悯的心吗？命运会有不忍下手的时候吗？

有又怎么样呢？

你看，也没什么区别。

生活之外的生活

那个女孩的父母，天天说着谁家的男的"知根知底"。

可他们自己女儿的哭声，我们这些千里之外的网友都听见的哭声，他们却永远听不见。

很多年前，我在网络游戏里问一个朋友：你为什么要来玩游戏呢？

之所以这么问，是因为她似乎是第一次玩电脑游戏，手生，很多游戏通用的操作都不适应。但她就是不服输，一个人对着木桩一遍遍地练习，玩得特别辛苦。

"因为只有玩游戏的时候可以什么都不用想。"

她回答这句话的时候，还在一遍又一遍打那个木桩。

那时是我一生中最好的时代,烦恼无非是挂科和喜欢的人不喜欢我。

我追逐游戏、小说和电影的原因也很简单,因为快乐,能给我的心情锦上添花。

但这个答案让我明白了一件事。

那些虚拟的世界对我而言是锦上添花,可对另一些人来说,是雪中送炭。

她的生活其实和很多女孩子都类似。工作两三年没有结婚,父母每一天都恶言相向,无非是大了嫁不出去我们的脸都丢尽了之类的。

这种来自家庭的自尊摧毁,只有经历过的人才能明白。

周围的朋友一个接一个结婚,似乎规则的确是长辈所说的"什么时间就该做什么事",否则怎么都找不到一个声援自己的人?

但认识的第一个月她却从未提起过这些,我们这些学生党说着琐碎的小烦恼,她也跟我们一起嘻嘻哈哈地笑,丝毫看不出这是一个心情不好的人。

后来我们知道这些之后就问她:"可是我们平时和你说话觉得你挺开心的呀?"

"我只有和你们在一起的时候才会开心。这是我每天唯一会开心的时候。"

长大,意味着步入现实的荒漠。

日复一日重复却没有成长的工作,上司和甲方的刁难,和父母观念不同的争吵,对前途的迷茫,对房价的绝望,对婚姻的无奈……这些大人世界里的无聊元素,会一个又一个挤进我们的人生里。

你会发现很多以前相信的规则不再有效了,比如努力会有回报,人有选择的自由,社会是讲道理的,人是应该被当成一个人尊重的……所有这些规则,在成年人的世界里统统崩塌。

原来改变现实是这么一件徒劳的事情,就像暴雨来临,天地一片昏暗,无论对着天空如何呐喊挥刀,都不会改变那个结果。

暴雨天总要躲雨，可现实里常常是无处可逃的。每个人都很忙，每个朋友都有自顾不暇的事，而号称港湾的家庭，扮演的往往是雪上加霜的角色。

父母会在你加班后的疲惫上加一句没有编制算什么正经工作，或者冷冷地说干得再好没人要有什么用。

人能逃到哪儿去呢？

大学时社团里有个学妹，总是被催着毕业回老家相亲，她是一个同人文的写手。

前年写过的一个被父母从北京逼回老家进国企的应聘者，是一个网站的主播。

开头提到的女孩，把游戏和游戏里遇到的我们，称为晦暗生活里唯一的色彩。

还有我。

今天的我在坚持写点东西，但从前的我只是一个失去了方向，也从未想找寻它的人。

苏见祈这个名字，是在稻香村里诞生的。

在尝试写作的初期，游戏和现实两个圈子一直在给我截然相反的建议。

一种声音说我相信你一定可以的，我不管为什么我就是相信。另一些声音则让我别折腾了，安心找一个"铁饭碗"，结婚，生小孩。

其实普通人的生活，并不是那种现实里憋屈，然后在虚拟世界扬眉吐气的爽文。

学妹写同人文只是用爱发电，主播同事并没有红，练习打木桩的女孩一直只是个普通玩家。

而我依然没有找到用文字养活自己的路，可能以我的能力而言，它就是不存在的。

那些虚拟的地方，算不上舞台，只是一个藏身之所，是很多人逃避永远不会停止的风暴的唯一港湾，是晦暗生活里的唯一色彩。

是活着的意义。

人活着，不就是为了那些开心的瞬间吗？如果每天都是重复的灰暗，谁还会想活着呢？

很多人很不屑，他们说那是假的。

寄托在纸片人身上的感情是假的，为了游戏里的悲剧留下的眼泪是假的，和未曾谋面的网友知心而交是假的，所有的喜悦悲伤，爱恨别离，都是假的。

首先这件事本身就很奇怪，我不知道情绪居然还能分出真假。

其次，这其实很讽刺，往往不屑我们且是唯一的避风港的人，和在现实里制造风暴的人，是同一种人。

就像那个女孩的父母，嘴里天天说着谁家的男的知根知底，可自己女儿的哭声，我们这些千里之外的网友都听见的哭声，他们却永远听不见。

很容易就能判断出所谓的家人和远方的网友，谁更在意一个"人"的感受。

后来我和徒弟分别离开了几次游戏，渐渐没办法聚在一起了。有一次偶尔闲聊问起，她还是顺从家里的意愿结了婚，想必也是多有无奈。

再后来我又回了一次游戏，她已经从师徒列表里消失了，我想可能是删号或者转服了。我们就这么断了联系。

时间又过去了几年。兜兜转转，我又回来玩游戏了。

某一次的战场里，我远远看到一个敌方万花，习惯性地突进，击倒；对方反应很快，起身，后撤，点穴，我动弹不得，看着她不慌不忙地对着我放技能，手里的毛笔挥洒出长长的墨迹。

然后我就躺在地上了。

等复活的时候我无聊地转视角，这才看到那个人的名字。

我想起多年前我教她这些技能时，她说师父你慢点，我拿个本子记一下顺序。练习的时候她总是要停顿很久，我说你这么慢敌人早跑啦，她说我会努力练好的。

看来她练得很好。
这意味着她的生活里，至少还留存着一点开心的时刻。

那就好。

假作真时

我不在的每一天里，一个小姑娘穿着粗布衣裳，拿着一把铁锹漫山遍野地找铜矿，为了寄出那些杳无音信的钥匙。

聊天频道里滚动着信息，信使的边上人来人往。这虚拟的世界熙熙攘攘，所有的喧嚣都和她毫无关系。

早几年玩网游的时候，收过一个徒弟。

那天在游戏里闲逛，遇到路边一个小萝莉使劲狂奔，背后三五个敌兵，追着她一刀一刀地砍，看着都疼。

她也不知道还手，只是一股脑儿使劲跑，结果被减速了，眼看就要给砍死了。

我冲上去救下了她，问道：你怎么挨打不还手啊。

等了好一阵，女孩才打出一行字：我第一次玩电脑游戏，人一多就慌了，不知道要怎么办。谢谢你啦。

游戏的世界和社会一样。有的人很吃得开，一天就能交到一大群朋友。有的人相反，一直都是自己一个人。

小姑娘是后者，从来不知道主动和旁人搭话，所以一直没什么朋友。我也试过介绍她给朋友认识，大家在队伍里聊得火热，可她说一句大家好就恢复了沉默。有时候朋友们开语音，她也会来，蹲在YY房间里，做一个永远不出声的沉默小蓝马。

在她短暂的游戏生涯里，只有那天的我，恰好路过她身边。

我每天陪着小徒弟升级，又带她把所有日常、副本都刷了一遍，一起走过了烟雨江南和塞北风雪。其实那些风景所有师徒都是这么走过的，我早就看腻了。徒弟却总觉得新奇，频频招呼我拍照看风景。

徒弟刚满级没多久，隔壁开了个新的武侠游戏，宣传片看得人心痒痒。于是我和整个亲友团都准备转战新游戏，问小徒弟跟不跟我们一起去，她说：我不去啦，这个游戏我还没学会呢。

新游戏开服那天，我最后带她做了一次日常。打完之后我在语音里说：我走啦，徒弟再见。

耳机里依旧沉默着，很久没有回应，可能她从电脑前走开了吧。百无聊赖的我开始开宝箱玩，开着开着钥匙用完了。

于是我嘀咕了一句：怎么又没有青铜钥匙了。

良久，游戏里出现一行密聊：师父你还回来吗？

我随口说，我也不知道啊，你好好做日常，把装备弄好些哦。说完就点了退出游戏。

对我来说，她只是许多年中许多徒弟中的一个。

我习惯了带大徒弟们之后，他们总能找到自己的伙伴，然后愉快单飞。偶尔在长安街头遇见，当年粗布衣衫的徒儿已经玉带锦袍，道一句师父好久不见。

我忘了这个徒弟的不同。

后来我和亲友们在新游戏里玩得火热,根本没空回原来的游戏看看。过了好些日子,新游戏越来越坑钱了,我们都觉得还是原来的游戏好,就一个个又回去了。

我想,这么长时间过去了,徒弟应该变得很厉害了吧。
愉快地登上游戏,就看到一大堆的未读信件提示。

"师父,我今天自己组野去灵霄峡了……一直摔死,哈哈哈哈,队友都笑我。"

"师父,我今天被队长踢了,所以日常没有做完。他们说我划水,可是我真的有认真在打。"

"我不想自己打副本了,师父你什么时候回来呀?"

"师父,我上网查了青铜钥匙怎么做,我终于能帮你做点什么啦!"
附件:一组青铜钥匙。

"师父,我今天挖了好久的矿!当当的声音听得我头晕哈哈哈。"

附件：一组青铜钥匙。

"虽然今天没有做日常，但是做了很多钥匙，哈哈哈哈！以后只要有我在，师父永远不会钥匙不够啦！"

附件：三组青铜钥匙。

……

列表里躺着一整列的未读来信，我一页一页地点开，每一封信底下都有一串钥匙。

我眼眶有点热，点开好友列表想说声我回来了，谢谢你，结果小徒弟的头像是灰色的。

我有点慌，急忙打开信箱点开了最新的一封信。这次的字有好几行。

"师父的离线天数越来越多啦，看来隔壁新游戏真的很好玩，哈哈。

"今天去打副本又被骂了，可能我真的不适合玩游戏吧。做了这些钥匙寄过来，也不知道师父会不会回来取，可是，我想不到上线还能做什么了。

"最近我要考试,就不继续玩游戏啦。我也不知道会不会回来。我怕下一次上线,看到信箱里塞满了没人收件被退回来的钥匙。"

"师父,很高兴认识你,再见啦。"

附件:六组青铜钥匙。

系统提示背包已满,被几百把钥匙塞满了。

我知道在网络上等待一个人的感觉。

你看着一个灰色的头像发呆,心里想着说不定它下一秒就会亮起,说不定它永远不会再亮起。而如果它不再亮起,你就连小心翼翼地发个新年快乐都没有机会。

每一秒都是希望和失望的交叠,而你甚至不知道那个寄托了自己这么多思绪的人,在现实里叫什么,有多高,长什么样子,你甚至连Ta是男是女都不能确定。

承载所有思绪的,只是一个关掉电脑就消失的影像。

所以当你和现实的朋友们说起这些时,没有人会懂。

朋友会说,你傻不傻,那只是游戏啊,假的。

后来我和游戏里的朋友说起了这件事。

我说，我是把该教的都教过了才走的呀。朋友是个女孩，她说：你蠢啊，人家又不是真喜欢玩这游戏，她只是在等你这个人啊。每天挖矿打铁，跟上班似的，你以为有多好玩儿吗。

我不在的每一天里，一个小姑娘穿着粗布衣裳，拿着一把铁锹漫山遍野地找铜矿，只为了寄出那些杳无音信的钥匙。

聊天频道里滚动着信息，信使的边上人来人往。这虚拟的世界熙熙攘攘，所有的喧嚣都和她毫无关系。

那些青铜钥匙藏在我的仓库里，这些年一把也没舍得用。

我想说不定有一天她突然上线了，我还能说一句，你给我的钥匙我都留着呢。

她没有回来。

校园白日梦

我不止想要找回自己的青春、热情和对这个世界的希望,我还要所有的朋友们都回到炽热的从前。我要大家不再为了生活忘记所爱磨去棱角,我要大家的酒杯碰在一起,还能谈论穿越世界的旅行。

而不是像今天这样,同学会上张总李总的互相吹捧,说着结婚生子的家长里短。

都是梦破碎的声音。

1

某一个深夜,和朋友讨论"人活着有什么意义"这个老生常谈的话题。

他抛了一个问题给我,说是这个问题有了答案,人生的意义也就有了答案。

"如果你不受经济条件的限制,简单讲就是有花不完的钱,你想怎么度过之后几十年的人生?"

我们做过很多选择,但大多数的决定都不是按照自己的意志决定的。我们选择专业,想的是就业形势而不是自己的喜好。我们选择工作,想的是薪水的多少而不是自己的理想。甚至相亲的时候,我们考虑更多的是对方的家境,而不是心动的感觉。

这些都没有错,人首先要学着生存。但无奈的选择次数太多,我们渐渐只记得应该做什么,却忘了问自己想要的是什么。

如果我可以自己选,我想要什么呢?
功成名就,或者环游世界?
都不是。

2

我想回到大学校园里,在爬满爬山虎的教工宿舍楼里租一间房子。

每天广播响我就起床，在阳台上看林荫道上的学生三三两两往教学楼走。有很多四个人一组的，那是一个宿舍的室友；有一对对情侣牵着手的，也会有赶时间的同学骑着车在人群里穿梭。

上课铃响了，上午没课的学生会睡眼惺忪地出来吃早餐。我就混在他们中间，去食堂吃点豆浆、包子、茶叶蛋，然后回屋看书或者随便写点稿子。

等到中午吃饭时，也不用像现在这样每天挠着头在外卖软件上纠结，反正食堂有的是吃的。

下课铃响的时候我已经到了食堂，买好饭坐下来吃，听着身边的同学讨论今天的课、班上的八卦、社团的活动。

这边男生、女生恨不得吃饭都牵着手，那边男生、女生小心翼翼地隔着半步的距离，远处电视下方看球的男生们一阵阵地欢呼。整个食堂吵吵嚷嚷的，都是年轻的烟火气。

我不能再拥有的东西，再让我看一看也好。

从食堂回来，和从前一样，睡一觉起来打游戏。窗外时不时传来同学经过的声音，有交谈声，有车铃声，傍晚的篮球场也会传来一阵阵呐喊。

一样也不用想晚上吃啥，食堂有几十个菜可以选，小窗有小炒和煮面，后门出去还有便宜的烧烤。说不定还能遇到出来喝酒的同学，有些在庆祝，有些在感伤，像是毕业季的夜晚，一顿酒能换来一两个故事。

第二天再用键盘把它敲出来。说不定能出本书，但我也不着急，就这么慢慢地写。

从小到大，我的白日梦也变了很多次，直到离开校园之后，就一直固定在现在的这个版本。比起很多朋友来说，我还算幸运，我拥有过白日梦的日子，并且从第一天开始就很珍惜。

虽然珍惜，但也不能减缓我失去它的过程。

3

毕业一年内，我回去过很多次，和学弟学妹走在熟悉的林荫道上。

有一次回去，正好遇到一个学妹在拍毕业照。

当初我们相识的时候，我知道她在晋江（女性网络文学原创基地）上写小说。当时我第一次见到"活"的作家，一下子觉得这位同学全身闪耀着才华的光芒。

我说，那你是不是很有名啊。她摇头说，不啊，就是自己喜欢写，没人看也没关系。

我说我一直想写东西但是总是犯懒，能动笔还坚持下来真的很难得的，你要坚持下去啊。

她说好。

然后我们又说笑了一番苟富贵勿相忘什么的，就聊别的了。

几年以后我开始试着写小说了，忽然想起以前那个学妹，那时候我们已经很久不联系了，因为也不知道能聊什么。

一时心血来潮，我就发消息问她说，你那本小说写完了吗？

隔了一会儿她回：学长好久不见，噢，你说那个小说啊，早忘了……怎么啦？

我本来打了很多字，我说我也开始学写东西啦，但总是卡住，投稿也从来没人回我，你是怎么坚持的啊？坚持挺难的……然后她的那句回复就跳了出来。

我想了想,把打好的字都删掉了。我说:这样啊,没事没事。

之后就再也无话了。

作为写作的同行,我明白这份热爱,所以懂得她的坚持。

作为一个工作了9年的HR,我也明白职场人稀缺的精力,所以也懂得她为什么放弃。

普通人的生活里,多得是不该这样,却只能这样的无奈。

我想要什么?

我不止想要找回自己的青春、自己的热情和对世界怀抱的希望,我还要我所有的朋友都回到炽热的从前。我要大家不再为了生活忘记所爱,磨去棱角,我要大家的酒杯碰在一起,还能谈论穿越世界的旅行。

而不是像今天这样,同学会上张总、李总的互相吹捧,结婚生子的家长里短。

都是梦破碎的声音。

你们以前不是这样的。

我们以前不是这样的。

4

毕业第三年,再回学校的时候,已经没有一个认识的人。

但我还是想回去。

哪怕旧人都不在了,我也想生活在那些教学楼、人工湖、球场、食堂和宿舍之间。

当我走在人面不知何处的林荫路上,我会想起曾经和谁从这里走过。

那时我们欢笑,那时我们哭泣。我们难舍难分,然后我们分离。

有时会安慰自己这不是永别,我们有电话,我们有高铁,我们也互相许诺彼此有再见之期。但心里也隐约明白,这就是永别。告别他们,也告别自己。

如今我毕业很多年了。当初隐约明白的那件事,是对的。

学校的广播站似乎有个传统,毕业季的那个月,每天都要放那首《凤凰花开的路口》。我曾在那歌声里向所有人告别，有些告别满是愁绪，比如湖心亭里最后一次相看泪眼；有些告别波澜不惊，比如宿舍里男生们依旧吵吵嚷嚷的游戏日常。

如今，我想回到那条郁郁葱葱的林荫道，站在离别的歌声里对自己说，我的人生有意义。

我遇到过很多年轻人，或者迷茫于人生的意义。因为生活太辛苦，太压抑，大家找不到坚持下去的理由。

是的，今天当然辛苦，人生就是越长大越辛苦的。但，是谁规定了意义只能在现在和未来寻找呢？

你有会心地笑过吗？你有真切地哭过吗？你有爱过什么人或者被什么人认真爱过吗？如果你看到这些句子，脑子里闪回了某些片段，那么这些回忆就是意义啊。

我常常对这个世界很失望。失望来自它似乎没有办法变好了，它在越变越糟。

我也一直认为，人生是一个不断向下的过程。

随着年龄的增长，社会和家庭对物质的要求递增，生活被意外摧毁的可能性越来越大。哪怕只是维持现状，花费的财富和精神都越来越多，可是与此同时，人的希望和精力却越来越少。

因为以上这些想法,我一直是一个很丧气的人,我的朋友们也大多知道这一点。

很多人试着劝过我,但通常不能奏效,因为他们并不能让时间倒流,也无法说服我未来越来越好,因为事实显然并不是这样。

后来有一个人,她没有试着跟我讲道理。

在离别的时候,她说:小羽,我这辈子就这样了,你不一样。

"你要好好地活。"

我一直认为人生是下坠的过程,世界也一天天向深渊滑落。但我会一直努力好好活,绝不后退一步。

无论我怎么想,无论世界怎么变化,都不是打破承诺的理由。

真是遥远而陌生的回忆啊。

那句承诺,那些泪水,那段呼救能有回应的人生。

我们说好的

大人失了恋，可以说我还有事业，我还有生活，我可以转移注意力。

孩子的心头血若是散了，那整颗心就是真空。

刚上大一的时候，还在军训，同学们都还穿着绿色的军装呢，系里就冒出一对情侣。男生阳光帅气，女孩漂亮温柔。

大家都感叹下手真快呀，一问，原来是高中时候就在一起的，又相约考上了同一所大学，还是同一个专业。

谁年轻的时候没有过遗憾呢，可是看着这对男生女生从中学到大学依然形影不离，就会想，幸好还有人没有错过最好的时光。

虽然不是自己的幸福，却也很是替他们开心。

军训结束后,是学院的十佳歌手赛。

因为女生有参赛,男生喊我们一起去看。

主持人报幕,演唱的歌曲是《我们说好的》。

"好吗,一句话就哽住了喉。"

女孩刚唱第一句我就全身一个激灵。平静的吟唱里流动着汹涌的情绪,似乎每一个音节都藏着过往。

原本碎碎念的观众席一瞬间鸦雀无声,让几声倒抽的冷气分外明显。

而她的男友,还穿着新生军训服的男友,从第一句歌词开始,就呆呆地看着舞台。

我们说好绝不放开相互牵的手

可现实说光有爱还不够

走到分岔的路口

你向左我向右

我们都倔强得不曾回头

我们说好就算分开一样做朋友

时间说我们从此不可能再问候

人群中再次邂逅

你变得那么瘦

我还是沦陷在你的眼眸

　　如果不是她的男朋友就坐在我身边,我一定会觉得台上唱歌的姑娘刚刚失去她挚爱的人。那歌声里蕴藏着巨大的悲伤,仿佛冰冷的海潮。

　　这一场只是初赛,四百多人的现场原本满是亲友团的喝彩声和同学们的私语声。可这一刻,就连最闹腾的男生都安静了下来。

我们说好一起老去看细水长流

却将会成为别人的某某

　　唱到这一句的时候,女孩的音准出现了明显的瑕疵。

　　藏在歌声里的一缕哭腔像一根箭一样,狠狠扎在所有人的心口。

　　前面的座位上,几个女生偷偷抹了抹眼泪。

我偷偷看了眼她的男朋友,还是呆呆地看着女孩。

那是我这辈子听过的最刺痛人心的现场演唱,直到看过了几次演唱会的今天,依然没有之一。

演唱结束之后,竟然没有一个人记得鼓掌,全场几百人同时沉浸在酸楚的情绪里,直到散场都没有释怀。

十九岁的女孩,大学一年级的新生,依然年轻、依然青涩的脸。

沙哑的声线。已经千疮百孔的心。

今天的我们,已经工作了很多年。

下午跟一个朋友聊天,聊到婚姻和爱情是否有关联,朋友淡淡地笑了笑说,最爱的那个人早在十六岁的时候就弄丢了。

我忽然想起大一时候的这首歌,和那一对青春洋溢的、被所有人羡慕着的情侣。

在那首歌之后的两年,他们分了手。作为同学眼中的模范情侣,这个消息让很多人都大跌眼镜。

成年的我们全副武装，孩子心上却没有任何铠甲。大人的生活里装了很多事，孩子的心头只有一滴血。

大人失了恋，可以说我还有事业，我还有生活，我可以转移注意力。

孩子的心头血若是散了，那整颗心就是真空。

二十八岁的那年你们相遇，你觉得对方的心里总有另一个影子。你感叹眼前人终究不能打败回忆，要是早一点遇见就好了。

你向神明许愿，穿越时光回到十年前。可是在那个穿着校服的女孩身边，却没有看见任何人。

只看见她已经不再流泪的双眼，仿佛火焰熄灭后的灰烬。

这双眼睛的主人，那一年十八岁。

你又能早到多久呢。

每一秒都无法挽回

很多人即使只见过一面,已经算见过了最后一面。

你的人生看起来很长,每一秒都无法挽回。

小学五年级的时候,我喜欢班上的一个女孩子。

那时候想得很多。

比如有一天看电视剧,男主角扑过来替女主角挡了一枪,挂了。

那天我辗转反侧了一夜,质问自己如果有人用枪指着我喜欢的小女孩,我敢不敢扑过去赴死,自己的人生到此为止,换她好好活着。

这一夜的犹豫让我很长一段时间都非常羞愧。连想象中的牺牲都不能决断,这样自私的我,不配说自己喜欢她。

我开始质疑自己,我自以为的喜欢是不是真的像大人说的那样，只是不懂事的小孩闹着玩。

如今我知道这自责毫无必要。在感情里闹着玩，这事儿在大人的世界里要流行得多。

我想得多还体现在了别的方面。比如老师说好好学习，可我一直不明白为什么。

他们的那些理由，比如找个好工作啊，出人头地啊，听起来就很无聊，何必呢？

于是从初一开始，原本是"三好学生"的我成绩一落千丈，勉强只能上个末流高中。

家长、老师全都急死了，或威逼利诱，或苦口婆心，我一概油盐不进。当然现在的我知道了读书的理由，可是叛逆期的少年什么也听不进。

后来初三开学，我收到了一封信。

来自那个小学时候喜欢的女孩子。

信的末尾有一句话：我准备报考×中，你要不要一起？

我的手不受控制地颤抖。

烈焰在灵魂的深处燃起，灼人的热浪席卷了全身每一个细胞。

为什么要读书呢？

十六岁的我获得了唯一一个当时可以接受的答案——读书是为了和喜欢的人在一起。

我开始疯了一样地复习，恶补这两年落下的知识点。书桌边放了一盆水，困了就用水泼自己的脸。

对于我一夜之间的剧变，大人们一个个喜笑颜开，说孩子终于懂事了。

但世界上所有忽然的"懂事"都需要一个契机，一个原因，一次当头棒喝。大人们总是对孩子的懂事表示欣慰，却对拯救了孩子的东西畏之如虎狼。

今天我也是个大人了，一念及此，也只有摇头苦笑。

很多人说，小孩子不要谈感情，因为反正不会有结果。

是的，大部分少年的爱恋的确不会有结果。

就像哪怕后来我如愿考上了×中，这依然不是柯景腾、沈佳宜那样的故事。从始至终我都没能在女孩的人生里扮演过哪怕一个配角。

可是如今我站在时间的彼端回望，如果那个十几岁的孩子没有爱上过什么人，那么他之后的人生，将无法挽回地滑入深渊。

如今我站在时间的彼端回望，爱过一个人，是我少年时最大的幸运。

所以，当所有大人视早恋为洪水猛兽的时候，我完全不敢苟同。而当他们言之凿凿地说"谈恋爱影响学习"的时候，我更只能报以白眼。

是，谈恋爱影响学习。只是很多时候，这影响可以被称为"激励"。我自然是个活生生的例子，其实大家回忆一下就会发现，叛逆的男孩为了喜欢的女生咬牙读书，其实是青春里很常见的风景。

有可能影响学习的东西很多，电视剧可以，小说可以，糟糕的老师和不合格的父母更加可以。而在所有的因子里，恋爱最有可能把叛逆的少年变成更好的人。

结果所有的大人偏偏用尽所有力气，揪着唯一一柄双刃剑纠缠不清。我甚至怀疑，比起那些所谓的"为你好"，他们只是恐惧另一个人成为自己孩子的精神寄托，恐惧孩子脱离自己的掌控——和婆婆刁难媳妇的心理相同。

他们轻蔑地说,小孩子懂什么恋爱。
好,那我们来看看大人们有多么懂爱情。
相亲的男女将各自的筹码摆上天平,房、车、行业、家庭、收入,像一场等价交换的生意。
夜场里乐声震耳欲聋,男人在刚认识半小时的女人耳边大喊,明天上午我送你回学校好吗?
夫妻二人坐在沙发的两端玩着各自的手机,一晚上都懒得抬头看对方一眼。
所以我一直无法理解,成年人在孩子的爱情面前,那份优越感到底从何而来。他们趾高气扬地说着"小孩懂什么恋爱",却不看看自己的一地鸡毛。
难道以上这些画面,比穿着校服的女孩假装路过球场,只为偷看一眼喜欢的男生打球更能称为爱情?

还有一种比较温和的反对,说起来语重心长:"你们还年轻,别着急,谈恋爱以后有的是机会。"
仔细回想,这种过来人现身说法的方式,对孩子的确很有说服力。孩子总是相信美好的,相信久别重逢,相信姻缘一线，相信十年之后我们至少还是朋友。

可是，请如今已经长大的大家问问自己，当年魂牵梦萦的那个人，如今还在吗？

你们是真的有的是机会，还是早已离散在人海？

后来遇到的那些人，真能模糊了十六岁留在心里的眉眼吗？

我有个有点儿丧的朋友，叫小怪。关于少年的爱恋他说过一段话，我觉得我不能说得更好了，借花献佛送给大家。

很多人即使只见过一面，已经算见过了最后一面。

你的人生看起来很长，每一秒都无法挽回。

恰好

很多分离其实没那么狗血,没有出轨,没有变心,没有三角的恋情或者渣男渣女的故事。

两个人目的地本就不同,只是恰好相遇,恰好同行。

在人们相遇的时候,分离的岔路口,已经在远方等待了。

2018年,在北京的双选会遇到一个男孩。来自甘肃,硕士,所在的专业全国排名前五。成绩也好,简历上各种奖学金写了许多行。

他说北京房价太高了,以自己的家境买房太渺茫。但还是不甘心就这么回西部小地方,不想一身本事浪费了。

我说你不怕屈才的话来我们这儿,我们正好有个科研岗,一般人还没本事做,挺适合你。

他就很高兴，说那可好，我还有个女朋友，我和她说说一起来。

我看他提起女朋友的时候眼睛很亮，就八卦起来问他恋爱的事。

他说女朋友是高中就在一起了，青海的同乡。两个人成绩都很优异，一起考到了北京的985，又一起留下读了研，已经在一起快十年了。

前几天他来报到了，我问他女朋友也来了吗？

他抿着嘴唇，微微摇了摇头，没说话。

后来他说，女孩子还是想念家乡，不想辛苦闯荡，想回家。加上女孩父母也强势地反对她到外地工作，听说她男朋友铁了心去闯，就逼他们分手。

女孩子说，你跟我回家我们结婚。男孩说你跟我去南方闯闯，我拼命干活，三年就能攒到首付，能给你比家乡更好的生活。

女孩说，我其实不想要什么好生活，我只想我们好好在一起。

男孩说，读了这么多年书，你就甘心一辈子在那种地方吗？我不甘心。

谈了很多次，哭了很多次。

最后女孩回了家，男孩背着包南下。

谁有错呢？

谁都没错。

很多分离其实没那么狗血，没有出轨，没有变心，没有三角的恋情或者渣男渣女的故事。

两个人目的地本就不同，只是恰巧相遇，走了同一段路。岔路口的两个人看了看路牌，挥挥手，一个向南，一个往北。

两个人在一起，是因为恰好在某个日子相遇。后来，他们发现恰好彼此想要的人生一样，恰巧一直在同一个城市，恰巧两个人都没有变，又恰巧都没有遇到更心动的人……才能厮守终生。

  所有这些恰好,同时发生的概率是多少?

  只要一个恰好没有发生,就是告别的日子。

  哪有那么多的恰好啊。

  人总要习惯分离。

不会后悔的人

我们从小做题,知道ABCD四个选项里,一定会有一个是对的。

我们理所当然地以为这规则也适用于人生,我们觉得不可能没有正确的答案。

如果所有选项全是错的呢。如果所有的选项全都指向零分呢。

还要日复一日的为了"错误"的选择而后悔吗?

写给为从前的选择后悔的人。

写给为今天的选择纠结的人。

写给不甘心的自己。

1

五年前读过一篇短篇小说，名字叫《不会后悔的人》，作者是魏天一老师。

故事说的是毕业季面临选择的一对学生情侣，是留在大城市还是回到家乡，是努力奋斗还是知足常乐。只要选了不同的路，这毕业季就是分手的日子。

我们每个人都做过这样的选择。但时过境迁之后，很多人又都会后悔。人们站在时光的彼端回望，说如果当年不选这条路，或许就不会失去所爱的人。

但故事的男主角没有这个烦恼。正如题目所言，他是一个"不会后悔的人"。

他有在平行世界任意穿梭的能力，如果后悔了，就回到从前，做另一个选择就是。

小情侣一起留在了大城市。男孩想着爱情要有钱还有闲，用自己的技能做证券投资，有赚无赔。女孩也不需要上班。我想，如果我是男孩也会这么选，解决了经济和陪伴的问题，按理说爱情应该就会长长久久。

并没有。

两人天天腻在一起，没了距离，没了空间，也没有各自的生活可以交流。话都说尽了，只有大眼瞪小眼。当然可以出去旅游，一路神仙眷侣，可回来以后还是大眼瞪小眼。

终于无聊的两人开始因鸡毛蒜皮的小事吵架，互相看对方不顺眼，偏偏还只能看着同一个人。

其实大多数爱情的结局都是这样。

但男孩不服。他倒退时间重新来过。

这回他知道了钱要有，但闲要少，两个人要有各自独立的生活。

于是两个人都很忙，每天加完班回家四目相对，全是疲惫，想说点什么，却只想发呆睡觉。日子日复一日，两个人对对方熟视无睹，连吵架都没有力气。如此下去会如何，谁都看得出了。

男孩不愿放弃，他再一次重来。

这回男孩放弃了大城市的坚持，陪着女孩回到家乡小镇，考了编制，过着缓慢安逸的生活。没有加班，节假日一天不少。但这样的生活早上睁开眼看见的不仅是当天，他甚至无须发动自己的能力，就能看到未来十年如一日的生活。

他还年轻，却已经逐渐苍老。

爱情没有办法代替人生的所有追求。

而他的沮丧远胜她三倍，因为他已经去过了两个和他们有关的世界，看见了三种殊途同归的人生。

故事的最后，男孩在很多平行世界里，找到了最好的一个结局。

他回到了和她相遇的那天，她摔倒了，他从她身边走了过去。

他没有扶她。

2

五年了，我一直没有忘了这个故事。

看到这篇小说的当年，我正陷在一段悲伤的情绪里。走路的时候，吃饭的时候，坐车的时候，躺在床上的时候，我不断地想是不是自己选错了，如果当初选了另一条路，今天的我们会如何。

我也总是后悔，如果自己再努力一些，再成熟一点，如果能重来一次，结局是不是就会不一样。

我还明白了很多道理。

比如我明白了贫贱夫妻百事哀，爱情是建立在经济基础之上的。

我明白了两个人相处要留出独立的空间，距离才能产生美。

我也明白了爱情不是人生的全部，要有各自的生活，各自的追求。

人是成熟了，道理也没错。

可你知道我为什么一直没有忘了这个故事吗？

这五年中，站在不同时间点的我一次又一次回首前尘，想象着成长了的自己能够重新选择一次，然后时光流转至今，结局会有什么样的不同。

每一次的推演，结局都没有改变。

任何选择都不可能面面俱到。正如《不会后悔的人》所描述的那样，当我试图弥补一个缺憾的时候，就必然会产生新的问题。

导致分离和失败的，并非只能有一种原因。

是的，我懂得了很多道理，我吸取了很多教训。但注定的事依然会发生。

我想，有没有可能我们搞错了，有没有可能选择并不能影响结局。

我们对选择一直有错误的预期，就仿佛我们可以通过选择掌控自己的命运，而掌控命运本该是神才有的特权。

人站在某个岔路口，面对望不到头的两条路，揪着自己的头发纠结不已。而只有天穹上的神才能看见，两条岔路的终点都是深渊。

人们跪在道路尽头的悬崖边痛苦，后悔自己没有选择另一条路，错失了"更好的未来"。

其实，另一条路的终点，也是悬崖。

但我们没有机会知道。我们会后悔，我们会遗憾，如果当初选了另一条路就好了。

3

当我们小心翼翼地选择，犹豫要不要放弃自己的生活、工作、家人或者学业来交换爱情的时候，却从来不愿相信另一种可能——

无论怎么选，都不影响最终的分离。

当时是这样的男孩和这样的女孩互相吸引，可是几年过去，两个人都褪去校园的青涩成为社会的螺丝钉。这时候无论对男孩还是女孩来说，当初吸引自己的那个人已经消失了，那种能孕育爱情的环境也消失了。

人和环境的变化，才是导致爱情终结的最大原因。

跟当初怎么选，谁去谁的城市，谁考谁的学校，成熟或是青涩，努力或者放弃，抗争或者逃避……都没有关系。

我们从小做题,知道ABCD四个选项里一定会有一个是对的。

我们理所当然地以为这规则也适用于人生,我们觉得不可能没有正确的答案,如果错了一定是自己的问题。

如果所有选项全是错的呢?如果所有的选项全都指向零分呢?

还要日复一日地自责吗?

4

大概十年前就听过《爱情转移》,脑子里一直记得那句歌词:把一个人的温暖转移到另一个的胸膛,让上次犯的错反省出梦想。

因为这辈子一直在反省。

可前天听到这首歌,却被第一句歌词戳了心口。

徘徊过多少橱窗

住过多少旅馆

才会觉得分离也并不冤枉

从前以为这是在说,错误的时间遇上对的人,如今的下场不冤枉。

但还有另一种不冤枉。

比如开头的那篇故事,就一点也不冤枉。

很多事本就没有结果的。

无论重来多少次,都只有一种结局。

落井下绳

"你要好好读书。"她一字一顿,第三次对我说。

我还能怎么办呢。

"好。"我认真地点了点头。

十一年前,进入高三的第一次摸底考,我的排名是全校倒数第三。

数学,只有9分。

我看不懂整张数学卷子的任何一道题目,那些字对我来说就像另一种陌生的语言。

那9分,是选择题全部选C之后,猜中其中三道题的结果。

从小学开始我就对应试数学的内容毫无兴趣。我知道它并不是没有用，可是我不喜欢，并且我找不到做不喜欢的事情的理由。

长辈们倒是给我提供了各种理由，比如好好学习以后考个公务员啊，出人头地啊，但这些都不能引起我的兴趣。

谁知道我能不能活到老，何必现在逼着自己受罪。

这么想着，我用高中的前两年看完了金庸的全套著作以及青春小说无数。

同时在150分满分的试卷上，获得了9分的成绩。

数学卷子是按小组从第一排向后传的，所以我的成绩我的前排都能看见。

坐在我前面的女同学小白看了一眼那个鲜红的9字，扭头扫了我一眼。我看见了，也不怎么在意。

小白这个名字是我写到这儿随手起的。那一届不少同学知道她的名字，还是不打扰她的生活了。

第二天我照例不交数学作业，小组长也知道我是惯犯，照例没理会我。

我正翻着小说，小白同学忽然转过身，一只手臂放在我的桌子上，很严肃地盯着我。

"什么事啊?"我问她。

"你太让我失望了。"她看着我的眼睛,一字一句地说。

小白一直是个很热情开朗的女孩子,也是我的好朋友之一。那时候我的性格内向怪异,朋友很少,所以我也比一般人更珍惜朋友。

于是我紧张起来,过去一年里她每天和我们嘻嘻哈哈的,我从未见过她这样的表情。

另外,"让我失望"这句话也让我很迷惑。原来还有人对我抱有希望吗?

"怎么了?"

"现在是高三了。"

"我知道啊。"我一副无所谓的样子。

她看着我,恨铁不成钢地摇了摇头,沉着脸转了回去。

一整个上午我的心情都惴惴不安,因为一个从来不生气的好朋友忽然生气,显得很吓人。

上午剩下的时间她都没有和我说话。直到中午吃完饭,她又转了过来,还是板着脸,拍了拍我的课桌,吓了我一跳。

"说真的,你要好好读书。"小白直视着我的眼睛,一字一句地说。

我这辈子听到过无数次让我好好读书的说教,只有这一次我没有立刻反唇相讥或者起身离去。

我的一句"为什么"卡在喉头,因为一抬头,就迎面撞上了她的目光。

脑子迷糊了一秒。

我的作文其实写得还不错,但那一刻脑海里没有任何形容词,只冒出四个字:

真是漂亮。

一片混沌间,我听见自己支支吾吾地说,哦……好。

我以为只是随口答应一下,糊弄过去就好。

可是那天下午,当我上课时和同桌低声谈笑的时候,小白回头,向我投来一个冰冷的眼神。

视线相触,我浑身一个激灵,赶忙坐直身体,认真听讲。

第二天我照例不交数学作业,又被她狠狠瞪了一眼。

第三天英语小测,我和同桌偷偷去考过的隔壁班拿来卷子提前看题目。结果原本下课总会转过来和我们谈笑的小白整整两天没有回头,连同桌也被她不寻常的冷漠波及。

我看着她陌生的背影,更是只能战战兢兢好好做人,认真听讲,专心记笔记,交每一份作业。唯恐这个背影的沉默之后,是铺天盖地的暴风雨。

"高考的时候你也提前看卷子吗?"第三天的中午,小白转过头来冷冷地问。

暴风雨终于来了。

"以后不会了。"

"你要好好读书。"她一字一顿,第三次对我说。

我能怎么办呢?

"好。"我点了点头。

我战战兢兢好好学习的状态,在那个背影的身后,一直维持到第二年的6月7日。

别人都在复习,只有我在这最后一年从头学起。

高考对于其他人,被称为人生中的一道坎,可对于我,却是立在我眼前的一栋高楼,有着无穷无尽的阶梯。无数次老师在课堂上问听懂了吗,整个教室的人都在点头,只有我一个人脸上是茫然无措的表情。

比起课程本身的难度,更难逾越的障碍是当时的我对应试知识的强烈厌恶,至今我还记得我把数学课本狠狠砸在墙上,十分钟后强迫自己把它捡起来的画面。

正是那句老话,我最大的对手是自己。每一天因为违背本心的刻苦学习而积攒的愤懑,日日压在我的心头。

可是现在不再问那么多的为什么,我的理由每一天都坐在我的前方。我不想再听一次那句"你太让我失望了",说那句话的时候,小白的眼神让我觉得很难过。

比学习的痛苦要更让我难过得多。

那就读书吧。两害相权取其轻。

题海浮沉的间隙我抬头看看小白的背影,偶尔也会疑惑自己是不是喜欢她,不然怎么解释连自己都看不懂的心情。而这个小心翼翼的问题还没能萌芽,就被我的心手忙脚乱地赶快掐灭了。彼时我已经有了喜欢多年的姑娘,这个念头无论是否是真的,都让我觉得害怕。

在一切胡思乱想萌芽之前,我就让题海继续淹没了这个我觉得不该产生的念头。作为一个成绩落后了很多的高三学生,我没有那么多时间,也没有那么多精力来思考。

在高考的考场上,我考出了整个高中生涯最好的数学成绩。高考成绩的每一分都意味着千军万马,而我的数学在一年之内,足足进步了九十多分。

我终究是考上了大学,不至于拿着高中毕业证出门混社会。

刚上大一的时候,我和小白有时也会打打电话,可是身处各自的新校园,我们也没了从前那么多的话题可以说。终于在两年之后,就像很多各奔东西的高中同学一样,我和小白也不知不觉失去了联系,甚至没有一个正式的告别。

很久以后听同学说,她早就出国了。

是的,这只是波澜不惊的普通故事,并没有柯景腾、沈佳宜那样的剧情。

听过这个故事的朋友总会有一些八卦的联想,但我明白小白不会对我有友情以外的情绪。我想,或许她只是不想看一个同学就这么走错了路,又或许那时候我也算得上是她的好朋友之一，又或许她只是习惯了伸手去拉身边"溺水"的人，就像捡起一只脏兮兮还脾气不好的流浪猫。

你当然不会对流浪猫产生爱情，哪怕你确实关心它。

但对于流浪猫来说，这是能够扭转命运的相遇。

如今，距离"流浪猫"第一次找到生活的意义，已经过去了很多年。

随着阅历的增长，我对小白的感念越来越深刻。作为一名从业多年的HR，我非常明白如果那天前排的女生没有回头，那么今天只能拿着高中毕业证投简历的我，会是一个什么样的处境。

也是在这些年里，有很多人告诉我，人要为自己奋斗，人要为自己而活，努力是为了自己的以后。就像小时候也有很多人告诉我，读书是为了自己，不是为了别人。

他们没法说服一种人，即认为自己不值得的人。不值得那些辛苦，不值得承受一次又一次的挫败。当然，也不值得好运和成功。

我不值得。

除非有人认定我值得。

那年幼稚的男孩,今天还是没有长大。

但当他知道自己要写一本书的时候,第一个想记录的,是这个故事。

很多人说要为自己而活,只为自己而活。或许这是对的。

我只是想说,如果你也没能找到属于自己的动力,那么追逐一颗遥不可及的启明星,也不失为一个前行的方向。

在这本书的最后,我想感谢每一个曾为我点亮星辰的人。

感谢那些年的陪伴。

也感谢我们的分离。

后记：相逢不朽

我很庆幸，这个世界很温柔，而且它爱过我。

你现在每天还在生活，是为了什么呢？
你觉得自己的人生价值是什么呢？
以及那个很多人都问过，却很少有人认真想过的问题——

"我"是谁？

按照某一本小说中的概念，内心认同的意义和价值是一个人的"锚"。锚是帮助一艘船在无垠的大海上找到位置，固定自身，让它既不随波逐流，也不倾覆于风浪之中的存在。

我很喜欢这个比喻，因为很长一段时间内，我就像一艘没有锚的小船。有很多声音在说，你要向前，你要坚持，你要劈波斩浪。但我停在大海的中央，四顾一片白雾茫茫，心里只有一个问题：

为什么？

当然，关于努力的意义和价值，大人们已经给出了参考答案。答案里写着，好好读书，考大学，找工作，挣钱，买房买车，结婚，生孩子。

我身边有很多人对以上这些世俗的目标兴致盎然。他们真的渴望这一切，都有不竭的动力和激情。所以，小时候，朋友们为了成绩单上的一百分通宵夜读。长大了，朋友们为了升职加薪熬夜加班。

他们心里似乎总有一种渴望，这份对成功的渴望让他们忍受过程，甚至享受过程。他们没有迷惑，因为意义是那么的明显。

某种程度上，我很羡慕他们。在人群中行走，顺流而行总是要轻松一些。

可惜,我大概是没有这份顺流的天赋。

我不明白,有什么值得一个人强迫自己去做不喜欢的事情。

无论什么样的人生,都是由每一天和每一件事的体验组成的。如果要用糟糕的体验来换取世俗的结果,这无异于买椟还珠啊。

如果故事没有转折,今天我不可能写出这本书,苏见祈这个名字也从来就不会出现。

转折来自坐在我前排的女同学。不知道为何她竟然对我抱有希望,虽然我认为我并不值得。后来的故事,读到这里的读者应该已经知道了。

那是我人生第一次没有不受控制地漂流,而是被锚定在了一个固定的位置,大海上有了明确的信标。我一度以为这会是最后一次,但我一直感恩的是,我的命运比自己以为的要幸运得多。

后来的很多年里,竟然有一个又一个的人,在我身上寄予了希望,或者愿意陪伴我走过一小段的人生。

当我质疑一切努力的意义，当我确信自己的确不行——这正是19岁之前我的全部——总会有人出现在我的生活里，对我说，我觉得你可以，我希望你做到。

总有人对我说：你相不相信自己不重要，请你相信我，试一试。

我一直不能承受让人失望这件事，我只能一次又一次地跋涉，攀登。

我好不容易有了朋友。我好不容易有了爱人。只要能留住此刻，只要不让我在乎的人因为失望而离开，我愿意付出一切代价。至于任何努力都无法阻止分离，那是很久以后我才明白的道理。

今天的人都在说，一个人很酷。

我不一样。

我最深刻的恐惧，是孤独。

大学里没有人认识我，于是我努力扮演一个外向开朗的人，因为有人希望我开朗一些，不要那么偏执和沉闷。

我迈着颤抖的双腿走上舞台，在几百人的哄笑中第一次唱了半首歌。

我花费一个又一个晚上学习那些天书一样的习题，因为有人希望我能够拿到毕业证。

我第一次想要多赚一点钱，第一次开始思考事业的方向，是因为那时喜欢的女孩因为买了一件地摊上的衣服而喜上眉梢，高兴了好几天——那时候我们过得很拮据，虽然她没有抱怨过一句，我依然觉得这是我的问题。

再后来的故事就很好解释了。我身边先后有过好几个朋友，都觉得我能写一点东西。

其实今天回想起来，有些是直视着双眼说出的认真的期望，也有些只是朋友之间闲聊，随口一句的赞许。

但说者无意，听者有心，我想没有人会想到，我是一个会把别人的期望当成意义，甚至当成指令来执行的人。

哪怕你们都失散在人海，我也不会让你们失望。

有几次夜深人静时我想，我的动力是来自他人的期望。可是选择靠近什么样的人，选择在乎什么样的人，却是我自己选的。

或许潜意识里，我还是对自己有一点点的期许吧。

总之，我这么个奇怪的人，就这么磕磕绊绊地一路走到了今天。

活着是为了什么呢？日复一日的重复是为了什么呢？人生的价值又是什么呢？

每个人都有不同的答案。我的答案是，努力成为我在乎的人希望我成为的样子——无论我们相伴或分离，也无论今天的他们还是不是从前的模样。

他人目光所至，即是我之归途。

其实这一路上，很多人对"他人即意义"的自我驱动方式表示过质疑，他们的想法可以概括为一个词，叫"丧失自我"。我也为此陷入过自我怀疑的泥沼，那段时间我很是压抑——那意味着过去、现在和未来所有坚持的理由，都不应该存在。

顿悟发生在蜀南的一片竹海中。在山林间的一座山壁上，刻着诸葛亮的造像，羽扇纶巾的丞相静静地俯视着这片他为之鞠躬尽瘁的土地。

"臣本布衣，躬耕于南阳，苟全性命于乱世，不求闻达于诸侯。先帝不以臣卑鄙，猥自枉屈，三顾臣于草庐之中，咨臣以当世之事，由是感激，遂许先帝以驱驰。"

    我忽然想到，在"出师一表真名世"的时候，在丞相握着笔"临表涕零，不知所言"的时候，刘备已经死了很多年了。后来"五月渡泸，深入不毛"的辛苦，以一州伐九州的勉强和偏执，食少事烦的殚精竭虑，都只是为了某个回忆里的画面。

    也不知道那画面是三顾时三兄弟年轻的面庞，还是"君可自为成都之主"的末路嘱托。总之，那一切都已经过去很久了。可是在故事的最后，当年羽扇纶巾的书生，如今垂垂老矣的丞相，还是为了曾经的相逢一次又一次踏上艰险的征途，最终也都为了那些过往的回忆燃尽了生命。

    什么"兴复汉室"，什么"还于旧都"……那是另一个人的梦想啊，他不是早就不在了吗。

    总有一些活在回忆里的人，总有一些学不会放下的人。
    我不是一个人，我只是他们中的一员而已。

    有读者曾经对我说，不要这样，委屈自己了。
    其实我并不委屈，反而觉得很幸运。

每个人对"自己"都有不同的定义。

对我来说,所谓"自己",是我曾经历过的人和事,承载过的意志和希望,穿越了漫长的时间,在今天留下的投影。

这就是我的"锚",是我固定自我的坐标,是我存在的意义。

时间是不能倒流的。付出过的感情是不会改变的过去,承载过的期望也会永远留存在记忆里。所以它们在今天的投影,自然也不会改变,无论人来人往,无论沧海桑田。

相逢不朽。

我很庆幸,这个世界很温柔,而且它爱过我。

苏见祈
2020.10

人不轻狂枉少年